가끔씩은 속절없이 흔들려도
또 이따금씩 괜찮아진다.
괜찮다, 괜찮다….
살다 보면 그런 날도 있지.

달큼글

"누구나 한 번쯤 상실을 경험하니 괜찮아"

살다 보면
그런 날도
있지

달큼글
에세이

글을 쓰는 사람이 되고 나서 가장 많이 느낀 것이 있다. 사람에겐 '마음가짐'이라는 게 정말 중요하다는 것이다. 인생은 호락호락하지 않기 때문에 마치 망망대해에 떠 있는 작은 돛단배와 같다. 그 작고 여린 것으로 여러 번 인생의 파도를 겨우 넘었어도 여전히 파도는 계속해서 밀려온다. 인생의 너울들이 내게로 달려들 때마다 그 상황을 견뎌낼 수 있도록 만드는 것은 나의 마음가짐인 것 같다.

우울이 참 무서운 이유도 그것이다. 우울이 지속되고 어느새 그것에 잠식되면, 가장 먼저 모든 것에 대한 의욕을 잃는다. 아주 사소한 것조차 전부 귀찮아지고 몸을 움직이고 살아가야 할 작은 이유조차 느끼지 못한다. 또 우울의 가장 큰 문제는 좋아하는 것들에 대한 의욕까지 잃어버린다는 것이다. 좋아하는 것이든, 싫어하는 것이든 그게 무엇인지는 상관없이 모든 것에 관심이 없어지고 아무것도 하고 싶지 않다. 그런 마음가짐 상태에서 인생의 큰 너울들이 닥쳐오면 일말의 헤엄쳐 나올 마음도 없이 그저 인생의 심해 속으로 끝없이 가라앉게 된다.

살다 보면 인생의 파도이든, 작은 돌멩이든 이런저런 장애물들에 떠밀려 넘어지곤 한다. 그때 가장 중요한 건 내 마음가짐 아닐까. 넘어졌어도 필사적으로 일어나려 하는 순간의 용기, 어떻게든 헤엄쳐 나가야겠다는 마음, 그런 것들이 나를 마음의 심해 속으로 가라앉지 않게 도와준다. 잠깐 넘어질 순 있어도 무너지지는 않게 해 준다. 그러나 그런 마음가짐이 없어질 정도로 우울해지면 넘어진 상태 그대로 엎어져 있게 된다. 다시 일어날 이유와 의미를 잃어버린다. 마치 그냥 그렇게 무너진 상태 그대로 있어도 별 상관없을 것처럼 착각하게 된다.

이 책은 그렇게 무너진 것만 같은 사람들의 마음가짐을 다시 돌려놓기 위해 적었다. 자신을 괴롭게 하는 그 인생의 파도들을 멈추게 할 순 없어도, 그걸 헤쳐 나갈 이유를 찾을 수 있도록. 자신의 인생 속 일말의 작은 의미라도 되찾을 수 있도록. 상황이 변하지 않는다면, 내 마음을 변화시키는 것이 하나의 방법이 되기도 하니까.

괜찮다, 살다 보면 그런 날도 있으니까.
비가 오고 천둥이 치고 우울한 날이 있으면,
햇빛이 내리비치고 무지개가 뜨는 좋은 날도 있다.
그러니 잠시 길을 잃어도 된다. 다만 무너지지만 말기를..

CONTENTS

PART 1

가끔은 넘어지기도 하지만

미래가 막막하고 불안해
잠시 그 자리에 멈춰 선
당신께 —.

누구나 상실을 경험한다

    우리는 살아가면서 필연적으로 상실과 실패를 경험한다. 내가 노력을 얼마나 기울였건, 몇 밤을 지새웠건 그런 것들은 중요하지 않은 듯이 어떤 것으로부터 내쳐지는 것을 경험한다. 마치 '그건 네 사정이지'라고 호통치는 세상의 단호한 목소리를 듣는 것 같은 시간을 경험한다. 그럴 땐 상실감에 눈물로 밤을 지새우고, 입맛이 떨어져 밥도 못 먹게 되고, 속상함을 어찌 달랠 수 없어 괴로워하는 시간을 갖는다. 나는 그 상실감이 내가 그것에 얼마나 진심이었는지 비춰주는 거울이라고 생각한다. 내가 그것에 진심이 아니었다면 실패에 반응하는 내 모습이 달랐을 것이기 때문이다. 그게 이루고 싶었던 꿈이었든지, 너무나 사랑하고 싶은 사람이었든지, 꼭 합격하고 싶었던 시험이든지 그것에 진심을 다한 만큼 그 상실을 크게 받아들이는 것이다.

　우리는 진심을 다하면 다할수록 올인을 하게 된다. 올인을 한다는 게 내 모든 재산을 쏟아붓거나 모든 시간을 할애하게 되는 것도 있겠지만 나는 조금 다르게 표현하고 싶다. 어떤 것에 진심을 다해서 내 모든 것을 올인한다는 것은 내 마음의 전 면적을 그것에게 내어주는 것이다. 너무 간절하면 우리는 내 마음의 많은 면적을 그것에 내어준다. 그렇기 때문에 그것의 실패나 상실을 경험하면 주체할 수 없는 마음의 버거움이 찾아오는 것이다. 세상엔 '노력=성공'이라는 공식이 만연적으로 퍼져 있다. 내가 보기엔 그것은 어느 정도는 맞고, 어느 정도는 틀렸다. 노력 없이 찾아오는 성공, 즉 '운'이라는 것도 때로는 존재하기 때문이다. 또한 '운'이라는 게 있으면 곧 '불운'도 존재하기 때문에 노력을 해도 불운으로 인해 성공할 수 없는 상황이 일어나기도 한다. 그래서 노력이 곧 성공이란 말은 어느 정도 틀린 부분이 있다. 그렇기 때문에 어떤 것에 실패를 하고서 좌절한 사람에게 '네가 노력을 덜 해서 그래'라고 쉽게 말해서는 안 된다. 그 사람이 얼마큼 노력했는지 우리는 일거수일투족을 다 들여다보지 못했고, 불운이라는 것도 존재하기 때문에 단순히 노력이라는 것만으로 그 일의 결과를 정할 수 없다는 것을 알기 때문이다.

그러나 어떤 것에 정말 진심이면 나도 모르게 노력을 기울이게 되어 있다. 내 마음의 많은 면적을 내어주었기 때문에, 그것에 많은 노력을 기울이는 것이 자연스럽다. 그래서 노력이라는 것은 내가 그것에 얼마나 진심을 다하고 있는지 보여주는 거울이다. 진심으로 어떤 것을 이루고 싶다고 말은 하면서 전혀 행동에 옮기지 못한다면 아직 마음의 면적을 그것에게 올인하지 못했다는 것이니까. 곧 이 말은 당신이 어떤 것의 결과가 좋지 못해 눈물을 쏟고 밥을 먹지도 못할 만큼 큰 상실감을 느낀다면, 그것 또한 당신이 그만큼 진심을 다했다는 걸 뜻한다. 그래서 지금 당장은 알지 못하겠지만 당신이 느끼는 상실감은 그만큼 가치가 있다는 것이다. 당신 마음의 많은 면적을 할애해서 진심을 쏟아부었다는 증거이기 때문이다. 그러니 세상이 지금 당장은 당신의 진심을 알아주지 못했어도, 언젠간 분명 그 상실감만큼 진한 진심을 알아주어 눈물을 닦게 되는 날이 올 것이다. 분명 그럴 것이다.

관심이 없는 것에 모든 것을 쏟아붓지 않듯이,
진심이 아니었던 것에 눈물을 쏟지도 않는다.

겁쟁이

"언니, 왜 이렇게 겁쟁이가 됐어요?"

오랜만에 만난 아는 동생과 이런저런 얘기를 하다 들은 말이다. 그 말이 누군가는 듣기에 무례하다고 느낄지 모르지만, 내가 생각하기에도 그건 사실이었다. 그 동생에게 내 미래에 대한 고민을 털어놓았는데 동생이 해답으로 준 모든 말에 주춤거리며 핑계만 대고 있었으니까. 동생에게 겁쟁이라는 말을 들은 나는 속으로 생각했다. '그러게 말이야, 나 원래 이렇게 핑계만 대는 사람 진짜 싫어했는데. 하고 싶은 일이 있다면서 한껏 주저하는 사람을 진짜 이해하지 못했는데. 어쩌면 이래서 인생은 어찌 될지 모른다고 하나 봐. 내가 싫어하던 행동을 이제는 내가 하고 있으니까.' 하고.

주변 사람들이 나에 대해 말하는 평판 중엔 '하고 싶은 것은 꼭 해내는 사람'이라는 것이 있었다. 그도 그럴 것이 내가 무언가를 하고 싶다고 말하고 돌아가면, 몇 달 뒤에 만난 나는 꼭 그에 따른 결과물과 소식을 들고 오는 사람이었다. 글을 쓰고 싶다고 하더니 SNS에 글 쓰는 계정을 만들어서 정말 매일 같이 업로드를 하고 있었고, 이 글들을 책으로 내고 싶다고 하더니 결국 그 글들을 모아 정말로 세상에 책으로 엮어냈다. 그런 나를 보며 주변 사람들은 추진력이 대단하다며 부럽다는 말을 하기도 했었다. 그런데 그랬던 내가 겁쟁이로 변한 것이다. 세월의 풍파를 맞고 또 맞았더니 어느새 모든 것을 겁내는 사람이 되어 버렸다. 열심히 열을 내서 무언가를 해도, 내가 진정으로 꿈꾸던 미래를 맛볼 순 없으니 내가 했던 모든 열심들이 의미를 잃어버린 것만 같았다. 글을 쓰고 싶다고 했던 것도, 책을 내고 싶다고 했던 것도 모두 거기서 끝나고 싶진 않은 것들이었기 때문이다. 나의 최종 목표는 글만 쓰고도 진정으로 여유로운 삶을 사는 사람이 되는 것이었다. 하지만 그 과정들을 모두 이루어도 여전히 그 삶은 내게서 너무나 멀어 보였다.

열심에 불을 붙이는 재료는 바로 '기대심'이다. 어떤 것에 매력을 느끼고 그것을 갖기 위해 나를 달리게 만드는 것은 '열심히 하면 나도 그것을 가질 수 있을 것이다' 하는 기대심이다. 그러나 동시에 그 기대라는 연료는 우울과 절망이라는 치명적인 부작용을 갖고 있다. 그 연료의 쓰임새대로 열심을 내어 원하던 것을 손에 넣으면 괜찮지만, 그것을 손에 넣지 못하면 그 기대라는 연료를 태운 만큼 크고 쓰라린 절망을 맛본다. 나는 그걸 수 없이 반복해 왔다. 열심히 기대를 태우며 달려가도 꿈꾸던 무언가는 조금 가까워진 것 같다가도 어느새 정신을 차리면 여전히 멀기만 했다. 금세 손아귀에 넣을 것 같다가도 순식간에 빠져나갔고 그로 인해 실망했다가 또 스스로를 토닥여서 억지로 일으켜 세우고, 다시 기대심이라는 연료를 주입해 달려간다. 그걸 수십 번을 반복했더니 이제는 그 연료에도 내성이 생겨버렸다. 이젠 기대심을 주입해도 나 스스로에게 의심을 품고, 이내 절대 이룰 수 없는 꿈이라며 냅다 결론을 지어버린다. 그러다 보니 이제는 세상에서 제일 두려운 것이 기대심이 되어버렸다.

예전에는 미련과 후회라는 감정이 제일 두려운 감정이라고 생각했다. 다 지나서 어떻게 할 수도 없는 것을 후회하는 시간이 가장 쓸모없게 느껴졌기 때문이다. 그래서 뭐든 갈망하는 마음이 생겨 시작했으면 그것의 끝이 좋든 좋지 않든 꼭 결과를 봐야만 한다고 생각했다. 그래야 더 이상 미련이나 후회가 남지 않을 테니까. 그러나 이제는 미련과 후회라는 감정보다 지금 현재의 내가 무너지지 않는 게 더 중요해졌다. 결과를 보지 못해서 평생 '그때 그렇게 했더라면 좋았을 것을' 하며 후회를 달고 산다 해도 어쩔 수 없다. 어느새 나에겐 미래의 내가 아쉬워하며 살 것보다, 지금의 내가 이루지 못할 목표를 헛된 꿈인지도 모르고 달려가다 지쳐 무너지지 않는 것이 더 중요했다. 그리고 이제는 깨달았다. 기대심이 없으면 미련과 후회라는 것도 없다는 것을. '내가 그때 더 열심히 했더라면 이루어졌을 수도 있어'라는 이 마음도 일종의 기대심에서 비롯된 것일 테니까.

이제는 기대하는 것이 두려우니 모든 것에 주춤하게 된다. 또 상처받고 무너지는 것이 두려우니 시도도 하지 못하는 것이다. 그래서 늘 도전하는 나에게 '멋있다'라며 칭찬을 해 주던 동생에게 '겁쟁이'라는 말까지 듣는 사람이 되어버렸다. 그런데 그 말을 듣고 동시에 깨달은 것이 또 하나 있다. 바로 내가 죽어가고 있다는 것이다. 진심으로 내 영혼이 죽어가고 있다고 느낀 것은 처음이었다. 꿈을 가진 누군가의 눈동자는 생기가 어려 반짝인다. 그곳에서 살아있음을 느끼는 것이 아닐까. 나 또한 그랬을 것이다. 너는 역시 추진력이 있다며 진심 어린 마음을 살짝 보여준 채 내게 멋있다고 말해주던 주변 사람에게 내가 그런 눈동자로 보이지 않았을까. 그런 내게서 기대심을 없애 버리니 눈은 죽은 생선의 눈처럼 흐리멍덩해지고, 두려움에 사로잡혀 생기도 잃어버리고 모든 일에 겁을 내는 겁쟁이가 되었다. 이러지도 저러지도 못하고서 발만 동동거리다 징징거리며 이내 주저앉아 버렸다. 무너지는 것이 무서워 아예 주저앉아 버리는 꼴이라니. 그제야 지금의 내 모양새가 얼마나 웃기고 모순적인지 깨달았다. 날고 싶지만 떨어질 것이 두렵다며 깃털 하나 펼치지도 못하는 꼴, 그게 나였다.

어쩌다 이렇게까지 나약해졌을까 스스로가 안타깝기도 하지만, 다시금 기대라는 것을 내 인생에 끌어오려니 여전히 너무나 두렵다. 그건 아마 내가 너무 모든 것을 다 걸고서 달려가고 있었기 때문이다. 모든 것을 다 걸고 달려가다가 크게 넘어져 보니 깨지고 금이 간 것도 많이 보이고, 그런데도 여전히 내가 원하던 목표 지점은 아득히 멀기만 하니까. 그냥 차라리 이솝우화의 여우가 가질 수 없는 포도를 보며 어차피 신포도였을 거라 여기는 것처럼, 어차피 내가 이룰 수 없는 꿈일 거야 하며 눈을 감은 채로 있고 싶다. 그렇지만 평생 그렇게 모든 것을 내가 가질 수 없는 것들이라 치부하면 말라 죽어 갈 뿐이다. 이 글을 쓰는 와중에도 여전히 내가 헛된 기대를 또 불러일으켜서 점점 더 인생의 수렁으로 빠지는 건 아닐까 싶지만, 조금씩 다시 살아나는 것을 느끼니 난 결국 얼마 안 가 기대라는 연료를 또 태우며 열심히 달려갈 것 같다. 지금껏 그랬듯이 말이다. 그러니 만일 당신도 나처럼 어떤 기대를 품는 것이 두렵다면, 나와 함께 다시 시도해 보자. 겁쟁이로 살다가 영혼이 말라 죽어 가는 것보다, 꿈을 가진 생기 어린 눈동자로 살아보자.

글의 마법

'에이, 안 될 거야. 당연히 잘 안 되겠지. 내 인생이 그러면 그렇지.' 이 말들은 본격적으로 글 쓰는 것을 직업으로 삼겠다고 마음먹기 전의 내가 입에 달고 살던 말들이다. 그리고 저 말들이 해당하는 상황은 아주 광범위했다. 사랑이든, 꿈이든, 일이든 나를 둘러싼 모든 일상적인 것에 해당하는 말이었다. 그래서 이런 내게 대체 왜 그렇게 부정적이냐고, 자존감 수업이라도 들어야겠다며 주변 사람들의 안타까움 가득한 면박을 듣기도 했다. 그 정도로 그때의 나는 세상에서 자신을 제일 모르는 사람이었고, 세상에서 스스로를 가장 과소평가하고 하대하는 사람이었다.

나에겐 스스로 생각해도 이해하지 못할 것들투성이였다. 예를 들면 누군가 내게 호감 어린 눈빛으로 다가와 말을 걸고 잘해줘도 절대 누가 나를 먼저 좋아할 리가 없다고 생각하는 것이 그랬다. 또, 좋은 칭찬은 들어도 금세 잊어버리면서 누군가 내게 조금만 날이 선 말투로 대하거나 지적을 하면 그 말을 모조리 기억에 새겨 두고서 괴로워했다. 다른 사람들은 크게 개의치 않은 사소한 일에도 세상이 무너질 듯 불안해하기도 하고 자꾸만 스스로에 대해 끊임없이 의심을 하고 믿지 못하니, 자연스럽게 모든 일에 '안 될 거야' 하는 핑계를 대며 물러서기만 했다. 결국 어느새 나라는 사람은 아무것도 이루지 못할 사람이라고 생각하는 데에 익숙해졌다.

그런데 그런 내가 글을 쓰기 시작하면서 변했다. 아니, 좀 더 정확히는 내 경험을 기반으로 쓰는 에세이를 쓰기 시작하면서부터 말이다. 에세이를 쓰는 작업은 명상과도 같은 시간이다. 모든 글의 소재가 나에게서부터 나오기 때문에 스스로를 돌아보는 것이 필수적이기 때문이다. 더불어 과거의 나는 그냥 스치고 지나갔을 작은 순간과 사건, 그 속에서 느낀 감정들을 글로 적어내야 하기 때문에 더 깊이 생각하고 곱씹게 된다. 그 과정 속에서 당시엔 스스로의 감정을 속이거나 멋모르는 척 넘어갔던 것도 글을 쓰기 위해선 그때의 감정에 솔직해져야만 했다. 자존심이 상해 누군가를 좋아하지 않는다고 괜히 스스로를 속였던 순간도 되돌아보면 그 누구보다 그 사람을 좋아했던 거라고 인정하게 되고, 다 괜찮다며 아무렇지 않은 척 넘어갔던 순간도 사실은 너무나 서럽고 서운했던 것 또한 인정하게 된다. 강한 척, 쿨한 척했던 순간도 솔직함 앞에는 그저 민망한 순간이 되어 버리고, 그런 안일한 대처들이 내 마음에 난 생채기들을 쉽게 돌보지 못하게 만들었다는 것도 깨닫게 된다. 그것이 모두 글을 쓰는 과정 속에서 하나하나 담기고 모이다 보면 곧 한 편의 글이 된다.

글에는 기승전결이라는 게 있다. 시작-전개-전환-끝맺음이라는, 글을 짜임새 있게 짓는 하나의 형식이다. 그리고 그것은 하나의 치유 과정과도 같다. 글을 쓰기 위해선 과거의 한 사건의 시작과 전개, 전환 부분을 다시 되새김질해야 한다. 그러나 우리는 많은 사건들의 끝맺음을 제대로 짓지 못했다. 다른 말로 하자면, 그 사건이 나에게 미치는 영향이나 의미를 결론 내리지 못했다는 것이다. 그것이 보통 우리가 스스로를 '뭘 해도 안 되는 존재'로 인식하는 문제의 출발점이다.

과거의 어떤 사건을 마주하고 그 일의 느낀 점이나 결론을 제대로 끝맺음 짓지 못하면 우리는 끊임없이 그 기억 속에 묶여 앞으로 나아가지 못한다. 그런 기억들이 쌓이고 쌓이다 보면 스스로에 대한 불신이 생겨난다. 그러나 그 과거 사건을 소재 삼아 글을 쓰기 시작하면 그 과거의 나를 다시 돌아보고 솔직하게 받아들이며 그 당시의 일에 대해 결론, 곧 끝맺음을 지어야 한다. 그 일을 겪으며 무엇을 느꼈는지, 그래서 나는 무엇을 깨달았고 무엇을 얻게 되었는지. 그리하여 지금의 나와 앞으로의 나에게 어떤 영향을 줄 것인지 등 당시의 나는 내리지 못했던 결론을 현재의 내가 내려주는 것이다. 그러면 더 이상 과거의 나의 실수나 실패들로 인한 상처들이 지금의 나를 괴롭히지 못한다. 그 과거의 실수나 실패로 지금의 나는 어떻게 성장하고 변했는지 깨닫기 때문이다. 그런 글쓰기의 과정 속엔 과거의 상처를 치유할 수 있는 힘이 있다. 그러니 현재의 나를 이해하지 못하고 과소평가하는 사람들에게 일기 같은 작은 글쓰기라도 시작하라 권해보고 싶다. 우리의 과거엔 생각보다 지금의 나를 만든 계기들이 무수히 많이 숨어있기 때문이다. 그 계기들을 찾아 지금의 나를 이해하고 알아가는 시간을 가져보는 것은 어떨까.

글쓰기는 나와의 오해를 풀어내는,
깊은 대화의 시간이다.

멈춰 있다고 끝난 것이 아니야

아무것도 할 수 없을 것 같은 때가 있다. 매일 의미 없는 하루를 보내게 되고, 무언가를 열심히 하려고 마음을 먹어봐도 금세 흥미를 잃어버리게 되는 때. 그것이 지속되면 귀찮음이 내 일상을 지배하고, 만사가 다 하기 싫은 것투성이가 되어 버린다. 그러면 한참을 멈춰 있는 것처럼 느껴진다. 다른 사람들은 조금씩 아등바등 앞으로 걸어가는 것 같은데 여전히 나만 그대로인 것 같다. 뭐라도 해야 할 것만 같은 불안함이 몰려오는데 난 이미 늦어버린 것만 같다. 뭘 해도 다 안 될 것처럼 느껴지고, 이미 어느 곳에도 내 자리는 없을 것만 같다.

하지만 인생은 마치 '무궁화꽃이 피었습니다' 게임과 비슷하다. 술래에게 들키지 않게 아주 찔끔찔끔 걸어가야 하고, 들킬까 봐 멈추기도 하고,

이리저리 눈치만 보다가 다른 사람들은 먼저 다 나갔지만, 난 출발선 안에서 한 걸음도 나가지 못하기도 하고, 용기 내어 걸어 나갔다가 술래의 눈에 들켜 붙잡히기도 한다. 그렇게 아주 미세하게 찔끔찔끔 앞으로 걸어가고 있는 것이 마치 내 인생 같다. 자꾸만 멈춰 서게 되는 것도. 같이 게임을 하는 다른 아이들 중 용감한 아이는 성큼성큼 나가기도 하는데, 나는 아직도 출발선 근처에만 머물러 있는 것 같다. 그러다가 덜컥 깊은 우울이라는 술래에게 붙잡혀 버리기도 한다.

　운전을 할 때 내가 가야 할 길이 초행길이라면 내비게이션을 켜서 도착지를 설정한다. 그러면 내비게이션은 지금부터 도착지까지의 거리와 도착 예상 시간을 알려준다. 그러나 그 예상 시간은 실시간으로 바뀐다. 길이 막히거나 신호 타이밍이 좋지 않아서 자꾸만 빨간불에 걸리게 되면 내 의지와 다르게 자꾸만 멈춰 있는 시간이 길어지기 때문이다. 분명히 내비게이션 또한 여러 가지 요소를 계산해서 도착시간을 알려주겠지만, 도로 위의 모든 상황까지 다 예상하진 못한다. 시간적 여유가 많다면 그 도착시간이 길어지든 말든 크게 신경 쓰지 않겠지만, 그렇지 않은 경우에는 도착시간이 실시간으로 변경되는 것을 보며 애가 탄다. 최대한 빨리 가고 싶지만 큰 대로변의 사거리 같은 곳은 한 번 신호를 놓치면 최소 3분 이상 멈춰 있어야 하기도 한다. 나는 가끔 애타게 신호를 기다리다 속절

없이 변경되는 내비게이션의 도착 시간을 보며 혼자서 '나도 열심히 가고 있는 중이야, 멈춰 있고 싶어서 멈춰 있는 게 아니야'라는 생각을 한다.

우리는 살아가다가 여러 이유로 멈추게 된다. 마치 '무궁화꽃이 피었습니다' 게임을 할 때 자꾸만 나아가다 멈추게 되고, 술래에게 붙잡혀 어디도 가지 못하는 것처럼. 또한 큰 대로변 사거리에서 빨간 불을 만나 하염없이 신호를 기다리고 있는 것처럼 말이다. 내 인생을 이렇게 보내면 안 되는 걸 알고 있으면서도 이상하게 아무것도 할 수가 없는 시간을 맞닥뜨린다. 보이지 않는 술래에게 붙잡힌 것 같고, 보이지 않는 인생의 빨간 불 앞에서 한참을 대기하고 있는 것 같다. 그런 시간이 길어지면 길어질수록 스스로를 믿지 못하고 불안과 우울에 빠진다. 그러나 분명한 것은 그 멈춘 시간이 모든 게 끝난 것이 아니라는 거다. 게임에서 'STOP'과 'GAME OVER'의 의미가 같지 않듯이 말이다. 이처럼 멈춰 있는 시간이 길어진다고 끝난 것이 아니다. 오랫동안 아무것도 못 했다고 앞으로도 아무것도 못 할 거라는 착각은 하지 말자. 그건 마치 빨간 불에 자꾸 걸린다고 도착지에 도착하지 못할 거라는 말도 안 되는 착각과도 같을 테니까. 도착 예상 시간이 길어진다는 게 도착할 수 없다는 것이 아니니까. 가는 시간이 길어질 뿐이지, 우리가 가고 있지 않다는 게 아니니까.

우리는 자주 빨간 불에 멈춰 있을 뿐인데 다 끝나버렸다고 생각하게 된다. 또, 그런 생각에 사로잡혀 초조해하기만 하다가 초록 불로 변한 신호를 보지 못하고 계속 멈춰 있을 때도 있다. 그러면 뒤차에서 빵! 하는 클랙슨을 울려줄 것이다. 초록 불로 바뀌었는데 왜 출발을 안 하냐고, 어서 출발하라는 클랙슨을. 그건 마치 아직 끝이 아니라고 알려주는 신호와 같다. 우리는 잠시 STOP이 되었을 뿐이지, GAME OVER가 된 것이 아니라는 것을 알려주는 신호. '무궁화꽃이 피었습니다' 게임에서도 술래에게 들켜 손가락을 걸고 움직이지 못하더라도 그게 완전히 끝난 게 아닌 것처럼 말이다. 누군가 다가와 술래에게 붙잡힌 내 손가락을 끊어주면 그 신호 하나로 우리는 멈춤 없이 전력 질주로 달려가게 될 것이다.

그럼에도 살자

뮤지컬을 볼 때, 등장인물이 울먹이며 부르는 노래가 세상 가장 슬픈 것 같다고 생각한 적이 있다. 바닥까지 주저앉은 절망의 상황에서도 어떻게든 이겨내 보겠다고, 어떻게든 살아보겠다고 이 악물고 노래를 부르는 것만 같아서 말이다.

가끔씩 너무 우울해서 인생을 살아내는 의미가 없는 것 같을 때가 있다. 외로움에 가슴 속이 너무 시려서 내 무릎을 미친 듯이 끌어안아도 가슴 속엔 영하의 칼바람이 부는 것처럼 쓸쓸하고 외롭기만 할 때가. 그럴 땐 나를 포함한 모든 것을 증오하게 되고 미워하게 된다. 아무것도 할 수가 없고, 할 의지도 사라진다. 그럴 땐 백 마디의 말보다 한마디의 공감되는 노래 가사가 마음을 찌른다. 그리고 내 마음을 찌른 그 가사들은 어느새 내 마음속 깊은 곳으로 스며들어서 이렇게 속삭이는 것만 같다. 어서 울라고, 더 울어서 좀 더 살라고. 좀 더 살아내라고. 그 눈물로 우울함과 무기력함을 적시고 적셔서 녹여내라고. 조금이라도 그 우울을 녹여서 더 오래 살아내라고. 그건 아마 그 노래 가사를 지은 사람이 나만큼의 괴로움을 겪어봤던 사람이기 때문에 가능한 것이 아닐까. 나도 그만큼 괴로워했는데 어느 순간 돌아보니 그 고통의 시간을 끝낼 수 있었다며, 더 살아보니 어느 순간 괜찮아지는 순간이 온다며 그렇게 누군가가 알려주는 인생의 힌트이지 않을까.

그래서 나도 고통스러웠던 때의 나와 비슷한 순간을 살아가는 이들에게 해야 할 말이 있다. 그럼에도 살자고. 그럼에도 살아서 한 발이라도 더 걷자고. 너무 힘든 순간엔 주변 누구의 말도, 또 지금의 내 이야기도 다 쓸모없는 말처럼 느껴질 걸 너무 잘 아는데, 그럼에도 제발 조금만 더 버텨보자고. 이 말은 지금의 내가 과거의 나에게 해주고 싶은 말이기도 하다. 방 안에서 무릎을 끌어안고 울기만 하던 과거의 나에게 간절히 닿았으면 하는 말.

아무도 너의 슬픔에 공감해 주지 않아도, 그 우울이 오로지 네가 약한 탓이라며 마음에 총알 같은 말을 쏘아대어도, 부디 자신을 여느 동화책의 주인공처럼 생각해 보자. 동화책 초반의 이야기처럼 잠시 내 인생의 이야기를 여느라 시련을 겪고 있을 뿐이라고. 지금껏 겪은 힘겨움은 모두 나의 스토리를 열어갈 시작일 뿐이라고. 아직 날 위한 좋은 스토리는 시작하지도 않았고, 날 위한 이야기들이 산더미같이 남아있다고 말이다.

가끔은 시련이 없이는 열리지 않는 이야기들도 있어.
그러나 그만큼 더 찬란한 끝이 기다리고 있을 거야.

현대 나이 계산법

'현대 나이 계산법'이라는 게 SNS상에 떠돌아다니는 것을 봤다. 여러 요인들로 인해 사람들의 수명이 길어졌고, 모든 것이 예전 세대의 나이 대와는 동일하지 않아서 실제 자신의 나이에서 0.8을 곱해 실제 나이보다 낮게 계산한다는 것이다. 결국 결론이 현대 사람들은 예전 세대에서 느꼈던 그 나이보다 지금의 나이를 더 어리게 느낀다는 것이다. 나도 그 계산법을 듣고선 꽤 공감하기도 했는데 나는 단순히 수명이나 건강 등 신체적인 것뿐 아니라 심리적인 부분 또한 그것에 해당한다고 생각했기 때문이다.

이십 대 중반을 넘어 후반에 들어서면서 친구들과 만나면 어느새 나이에 관한 얘기는 빼먹지 않는 단골 코스가 된 것 같다. 대화의 주된 내용은 이렇다. '우리가 고등학생 때는 스무 살들만 봐도 다 자란 어른 같았고, 교생으로 왔던 대학생 선생님마저 그렇게 느껴졌으며, 이 정도 나이엔 어떤 것에 자리를 잡았을 줄 알았는데 사실 크게 달라진 건 없다'라는 것이다. 물론 생각하는 방식이나 가치관은 고등학생 때보단 성숙해졌을지 몰라도, 여전히 처음 해내야 하는 것들에 겁을 먹게 되고 그럼에도 결국 혼자 헤쳐 나가야 할 것이 아주 많다. 또, 여전히 스스로를 어른이라고 생각하지 못한다는 게 그렇다. 그러고는 꼭 이런 말로 대화가 끝이 나곤 한다. "그렇다고 해서 이런 마음이 우리가 3, 40대가 된다고 해도 딱히 달라지진 않을 것 같아."

내가 법적으로 성인이 되고 나서 지금껏 쭉 느낀 '어른'이라는 것은 이런 것 같다. 결국 모든 것은 내가 스스로 헤쳐 나가야 한다는 것. 스스로 무언가를 하지 않고, 해내지 못한다면 아무것도 진행되지 않고 아무것도 이뤄지는 게 없다는 것. 정말 나를 내가 오롯이 책임져야 한다는 것이다. 학생 때는 학교에 다니는 것이 전부이니, 학교에서 시키는 대로 학사일정을 따라 매해들이 어떻게든 흘러갔다. 하지만 학교라는 틀에서 벗어난 후의 나의 삶은 온전히 나의 몫이다. 인생의 일정을 내가 직접 짜고 내가 계획하여 실행해야 한다. 심지어 스스로 '무언가를 해야겠다' 하고 느끼고 결정하는 것조차 나의 몫이다. 그 누구도 인생은 이렇게 해야만 한다고 내 일정을 짜주거나 어떻게든 끌고 가주지 않는다. '그때가 되면 알아서 어떻게든 되어 있겠지'라는 생각은 그 어떤 생각보다 망상에 가까운 생각이라는 것이다. 학교 다닐 때처럼 누가 억지로 하라고 등 떠밀며 시키지도 않고 강요하지도 않지만, 대신 아무것도 하지 않으면 아무 일도 일어나지 않는다. 이것이 내가 성인이 되고 느낀 하루하루의 삶이다.

예전 부모님 세대 때의 이십 대 후반과 지금 현재 내가 지나고 있는 이십 대 후반은 내가 느끼기에도 정말 다르다. 엄마가 결혼하고 나를 낳던 나이가 이제 나에게도 슬슬 다가오고 또 이미 그 나이를 넘어온 미혼인 친구들만 봐도 느낄 수 있다. 그러나 나에겐 결혼과 출산, 육아는 아직 계획도 제대로 세워지지 않아서 여전히 나와는 거리가 있는 이야기처럼 느껴진다. 그것들이 코앞으로 닥쳐온 숙제처럼 느껴지긴 하지만, 여전히 한 가닥의 계획도 세울 수가 없다. 미혼인 주변 친구들과 지인들만 보아도, 결혼과 같은 이야기들은 아직도 우리에게 어울리지 않는 말 같이 느껴지기도 한다. 그렇기 때문에 현대 나이 계산법을 처음 들었을 때 정말 공감을 했던 것이다.

그러나 예나 지금이나 어른이 되어가는 과정은 참 비슷한 것 같다. 뭐든 내가 직접 부딪혀야 한다는 것. 어릴 적에 학교 선생님들이나 어른들이 우리에게 '학생 때가 좋다'는 말을 지겹도록 했던 것을 기억한다. 그 당시엔 참 이해가 안 되었지만, 그 어른들은 어른이라는 게 스스로가 스스로를 책임지지 않으면 아무것도 되지 않는 삶이라는 걸 알아서, 싫어도 움직여야 하는 것이 어른의 삶이라는 걸 너무 잘 알아서 그랬던 것 같다. 아마 지금 내가 현대 나이 계산법을 너무 공감하고 이해하는 것은 그 삶에 아직도 익숙해지지 못하고 내가 나를 온전히 책임지는 게 버거워서 그렇지 않을까. 그 모든 것을 직접 책임져 가며 결국 나를 여기까지 키워낸 엄마와는 사뭇 다른 인생임을 느끼면서 말이다.

.

내가 나 하나 책임지는 게 참 힘든 세상이다.
그러나 그렇기 때문에 때로는 힘들어지는 것이 당연하다는 뜻이다.
세상은 잠시 쉬어 갈 틈도 주지 않고 계속해서 일어나 걸으라고 하지만
우리는 모두 언젠가는 지치는 게 당연한 삶이다.
그러니 때때로 내게 찾아오는 힘듦과 무기력에
스스로를 너무 탓하거나 몰아세우지 말자.

걱정의 순기능

어쩌면 걱정이 날 한 발 더 앞으로 내딛게 만드는지도 모른다. 미래는 알 수 없기에 사람이라면 응당 걱정을 달고 살게 되는데, 이 걱정이라는 게 내가 하지 않겠다고 마음먹는다고 안 할 수 있는 것도 아니다. 물론 아주 작고 사소한 것에도 사시나무 떨듯 걱정을 하고 겁을 내면 충분히 할 수 있는 것도 못 하겠다며 주저앉아 버리겠지만, 적당한 불안함과 긴장은 그로 인해 결국 또 걸어가게 만드는 원동력이 되기도 한다.

많은 사람들은 이미 세상이 스트레스투성이니 걱정은 아예 하지 말라고 한다. 이미 많은 것들이 나를 괴롭게 하고 있으니 걱정마저 끌어안고 가기엔 내가 못 버티고 쓰러져 버릴 테니까. 그 말이 백번 맞는 말이기도 하지만, 실은 늘 과도한 것이 문제이지 않을까 싶다. 걱정을 과하게 하는 것도 나쁘지만 걱정을 과할 정도로 안 하는 것도 능사는 아닐 것이다. 한 달 전, 두 달 전, 작년 이맘때쯤 했던 걱정들은 지금 기억도 못 하니 걱정은 할 필요가 없다는 말도 있지만, 오히려 나는 그때의 그 걱정들로 현재까지 걸어올 수 있었다고 생각한 적이 많다. 그런 불안함과 긴장감이 아예 없었으면 나처럼 귀찮음과 나태함의 유혹에 약한 사람은 여기까지 걸어오지도 못했을 거라고 말이다.

사람은 무언가를 해내면 상을 준다고 하는 것보다, 무엇을 해내지 못하면 벌을 준다고 말하는 쪽이 더 성과를 보인다는 연구 결과를 들은 적 있다. 보상 심리보다는 손해 보는 것을 더 싫어하고 두려워한다는 것이다. 그런 것을 보면 적당히 걱정을 하면서 살아가는 것도 필요한 것 같다. 그 불안함이 하지 않으면 안 될 것 같다는 마음을 불러일으켜서 귀찮음에 빠진 나를 또 일으켜 세워줄 테니.

그러나 이미 너무 많은 걱정을 안고 살아가는 이들에겐
그 걱정을 덜어내는 법을 더 권하고 싶다.

괜히 있는 말은 없어

가슴을 쥐어뜯는 밤이 있었다. 새벽 시간을 모조리 눈물로 흘려 보내고, 대체 나한테 왜 이러시냐며 신께 따지고 싶은 밤이 있었다. 세상은 항상 나를 벼랑 끝으로 내몰기만 하는 것 같고 그런 아픈 마음들이 극에 달한 날엔 이런 생각도 했다. 세상에 태어난 의미가 없는 것 같다고, 결국 나는 이런 세상에서 쳇바퀴 속에 갇힌 것처럼 아무리 달려도 앞으로 나아갈 수 없는 사람 같다고 말이다.

그런 위험한 생각을 매일 하던 시기에, 내가 가장 싫어하는 말이 있었다. '언젠가는 괜찮아진다'라는 말. '그게 다 세상을 사는 밑거름이 되고, 나중엔 지금의 일을 웃으며 추억하는 날이 올 것'이라는 말. 현재를 버티기에도 너무 버거운 나에게 그런 미래 지향적인 말들은 전혀 쓸모가 없는 말처럼 느껴졌다. 난 지금 당장이 죽을 것만 같은데, 그런 말들은 오히려 내 힘을 더 빠지게 하고 '자기 일이 아니라고 쉽게 말하는구나' 하며 눈을 찌푸리게 만드는 말일 뿐이었다.

그러나 그런 시간들을 지나며 했던 생각이 쌓여 지금 나의 가치관이 되었고, 그에 따라 나는 예전의 나처럼 힘들어하는 사람에게 좋은 영향력을 주는 사람으로 살고 싶다는 작은 희망을 품게 되었다. 그리고 좋은 사람이 되기 위해 한 걸음 한 걸음 걸어 여기까지 왔을 때 나는 비로소 조금 느낄 수 있었다. 그때의 사람들이 내게 해 준 말들은 맞는 말이었음을.

나는 사람들이 과거의 나처럼 살고 싶다는 마음을 내팽개칠 정도로 벼랑 끝에 서는 경험은 되도록 하지 말았으면 한다. 그렇게 처절한 마음까지 들 정도의 밑거름까지는 인생에 필요하지 않을 수 있다. 그러나 '인생은 새옹지마'라는 말이 있듯이 세상의 모든 좋은 일처럼 보이는 것이 다 좋은 것이 아닐 수 있고, 나쁜 일처럼 보이는 것이 다 나쁜 것만은 아닐 수 있다. 어떤 사람에게 상처를 받았기에 그런 비슷한 느낌의 사람은 자동으로 피하게 되고, 어떤 일을 접하고서 그 일에 매료되어 어떤 직업을 동경하게 되고, 어떤 곳에 가서 위로를 받았기에 그 장소를 나의 안식처로 삼는 그런 일들이 많다. 그리고 그런 수많은 경험들로 인해 지금의 나라는 사람이 존재한다. 인생의 바닥을 찍어봤기 때문에 그만큼 현재의 삶에 감사함을 느끼게 되고, 어떤 이에게 상처를 받았기에 여전히 내 옆에 자리한 주변인들에 대한 소중함을 느끼게 된다. 또, 어떤 꿈을 포기해 본 적이 있기에 새롭게 붙잡은 꿈은 더욱더 절실하고 열심히 열망할 수 있다. 나에게 있어 그 모든 일은 이 세상을 조금 더 단단하게 살 수 있도록 훈련하는 것이었고, 내 인생의 의미를 찾고 그 속에서 목표와 꿈을 찾는 일련의 과정이었다.

비 온 뒤에 땅이 굳어진다는 말, 시간이 약이라는 말들은 괜히 있는 말이 아니었다. 내 인생 속에 내리던 비는 삶의 이유가 되어 주기 위한 밑거름과 명분이 되어 주는 것들이었고, 시간이라는 약은 과거를 돌이켜 보았을 때 지금의 시간이 더 소중하고 찬란하게 만들어 주는 것이었다. 사람들이 힘들었던 과거의 내게 아무렇지 않게 던지는 것 같던 그 말들은, 사실 그 말이 진짜 그렇기 때문에 진심으로 건네주는 그들의 최선의 위로였다는 것을 이제야 조금 깨닫게 된 것 같다.

그럴 수도 있지. 그런 날도 있지.

힘들어해도 괜찮아, 약한 모습 보여도 괜찮아.

다만 내가 끝까지 옆에 있어 줄 거라는 것만 알아줘.

쉬운 일은 없어

"쟤도 하는데 나라고 못 하겠어?" 우리는 때때로 이런 말을 접하곤 한다. 이 말은 상황에 따라 반은 맞고 반은 틀렸다. 그것이 저 사람이 노력한 만큼 나도 노력할 수 있다거나, 그럴 각오가 되어있다는 말로 쓰이면 맞을 수도 있다. '쟤도 저렇게 노력해서 됐는데, 나도 쟤처럼 열심히 하면 할 수 있을 거야!' 하는 마음이면 틀린 말이 아니라는 것이다. 그러나 저 사람의 노력이나 능력을 잘 알지도 못하면서 낮잡아 보는 마음으로 하는 말이면 틀린 말이다. '쟤도 하는데 저 정도는 나한테 식은 죽 먹기일 거야' 하는 마음이면 얼른 그 생각을 버려야 한다는 것이다. 물론 틀린 말이라고 해서 아예 그 일을 못 할 거라는 말이 아니다. 나는 저 말속에 담긴 상대의 일을 쉽게 여기는 태도에 대해서 말하고 싶은 것이다. 우리는 자기의 일이 되어보지 않은 것, 자기가 직접 겪어보지 못한 것에 대해 쉽게 생각하면 안 된다. 아니, 생각은 할 수 있다고 하더라도 쉽게 말로 내뱉어선 안 된다.

　세상엔 '보기엔 쉬워 보이는 것'이 참 많다. 말 그대로 정말 보기에만 쉬워 보이는 일 말이다. 하다못해 단순노동처럼 느껴지는 일들도 막상 하다 보면 이것만큼 힘든 일이 없었구나 싶은 것도 많고, 누군가가 했을 땐 별것 아닌 것처럼 보였던 일을 내가 맡아서 하면 엉키고 꼬이게 되는 경우도 많다. 나는 이것을 가족들이 하는 사업 일을 도우며 정말 많이 느꼈다. 나는 어릴 적부터 자영업을 주로 했던 부모님 덕분에 딱히 아르바이트 자리를 구하지 않아도 항상 내게 일이 맡겨졌다. 그러다 보니 마트, 편의점, 치킨집, 카페 등 다양한 분야의 일을 자동으로 배우게 되었다. 프랜차이즈 가게를 차리게 되면 꼭 며칠에서 몇 주간 본사에 가서 교육을 받고 와야 하는데, 그 교육을 받으면서 참 많이 느꼈던 부분이었다. 그 가게를 차려서 이미 하고 있는 사람들이 일을 척척 해내는 걸 보면서, '저 사람도 저렇게 쉽게 하는데 나도 쉽게 할 수 있겠지' 했던 생각이 교육을 받으며 정말 많이 깨졌다. 그건 정말로 그 사람이 '척척 일을 해냈기 때문에' 쉬워 보였던 것이지, 요령이 없는 내가 하면 하나도 쉽지 않은 일들이 많았다. 또, 교육을 받는 동안에 힘들었던 것이 실전에 투입되면 줄어드는 것도 아니었다. 오히려 더 힘든 일들이 기다리고 있는 것이 실전이었다. 실전에 들어가면 '내가 이걸 왜 시작했지?' 싶은 순간이 정말 많이 찾아온다. 교육에서도 알려주지 않은 것들, 매뉴얼대로만 하면 안 되는 것들, 적당히 눈치껏 내가 처리해야 하는 것들이 수두룩하기 때문이다. 그런 일들을 겪다 보면 이 일을 시작한 의미를 잃어버리는 순간과 더 나아가 내 삶의 의미를 잃어버리는 순간이 찾아오기도 한다.

하지만 나는 '그러니까 아무것도 하지 마세요'라고 말하고 싶은 게 아니다. 오히려 '처음엔 내가 생각했던 것보다 어렵고 복잡하고 혼란스러운 것이 당연하니 일찍 포기하지 마세요'라고 말하고 싶은 것이다. 그리고 그 당연한 시간이 지나야만 나에게도 요령이라는 게 생기는 거라고, 그 요령이 생겨야만 나도 그 일을 '척척 해내는 사람'이 되는 거라고 하고 싶다.

가족을 따라서 가게에 나가 일을 하다 보면, 수많은 아르바이트생들을 교육하게 된다. 나는 지금까지 적어도 50명은 족히 넘는 아르바이트생들을 교육한 것 같다. 그러다 보니 정말 다양한 사람들을 교육하게 되는데, 가장 먼저 '힘들어서 못 다니겠다'라며 두 손 두 발 들고 나가는 유형의 사람들은 '보기에 쉬워 보여서' 하겠다고 들어 온 사람들이었다. 특히 편의점 아르바이트생을 가르칠 때 가장 많이 본 상황이었는데, 평소 편의점에 갔을 때 아르바이트생들이 계산만 하는 걸 보면서 '저 정도는 나도 하겠다'라고 쉽게 생각해 일하러 오는 사람이 많았다. 그러나 직접 해보면 단순히 계산만 하는 일이 아니라는 것을 깨닫고 못 하겠다며 교육을 받자마자 실전은 해보지도 않고 도망을 가는 것이었다. 또, 카페 일을 하면서도 그런 사람들을 참 많이 봤다. '그냥 음료 만드는 게 재미있어 보여서'라는 가벼운 마음으로 들어오는 사람들은 음료 만드는 게 재미에만 그치는 수준이 아니라는 것을 깨달으면 정말 근무 하루 만에 도망가기도 했다. 그러나 애초에 힘든 것을 예상하고 들어오는 아르바이트생들은 미리 유튜브로 그 일에 대해 찾아보고 온다거나 주변 친구들 중 같은 일을 하는 친구에게 그 일이 어떤지 물어보고 오기도 한다. 그리고 일이 쉽지 않다는 것을 알기 때문에 레시피를 미리 열심히 숙지하고 오기도 하고 어느 정도 각오를 하고 오기 때문에 확실히 더 빨리 요령이 생겨 금방 적응한다. 또 적응을 빨리하니 훨씬 더 오랜 기간 근무하게 된다. 그렇게 오랜 기간 근무하는 아르바이트생들은 해보지도 않고 도망가는 사람들을 보며 "요령 생기면 괜찮은데, 왜 해보지도 않고 도망을 가지? 다른 데 가도 어차피 처음에 적응할 때까지 힘든 건 다 똑같은데." 하고 말하기도 한다.

이처럼 모든 일은 내 생각보다 쉽지 않다. 그래서 '쟤도 하는데 나도 할 수 있겠지'라는 마음을 좀 더 정확히 하자면 '쟤도 힘든 걸 견디고 저렇게 일을 하는데, 나도 힘든 걸 견디면 충분히 할 수 있겠지'라고 말해야 하지 않을까. 여기서 분명히 말할 수 있는 건 처음에 힘든 걸 견뎌내면 결국 나에게도 요령이 생기고 그 요령은 내가 그 일에 적응하도록 도와주는 지원군이 된다는 것이다. 그러니 처음엔 뭐든 힘들다는 것을 각오하고 단단한 태도로 어떤 것을 대하는 것이, 그것에 더 빨리 적응하게 해주는 도움닫기가 되어 줄 것이다.

무슨 일이든 기본기를 다지는 것이 가장 중요하다.

기본기를 다지는 것이 그 일에 최대한 빨리 적응하게 도와 줄 것이고,

기본기가 탄탄한 것은 쉽게 무너지지 않으니까.

그래도 하게 만드는 법

　적당한 긴장은 삶에 꼭 필요하다. 스스로 계획을 철저히 잘 세우고 늘 자신을 통제할 수 있으며 유혹에 잘 빠지지 않는 스타일이라면 상관은 없지만, 그렇지 않은 나와 같은 사람에겐 적당한 긴장이 꼭 필요하다. 나를 긴장하게 만드는 것이 없다면 나태함의 끝판을 보게 될 수도 있기 때문이다. 조금만 어려우면 그만두고 싶은 마음이 의욕을 뚫고 올라와 버리고, 나이가 들수록 열정이 고갈되어 가며, 유혹에 약한 나에게는 하지 않으면 안 될 이유를 만들어야 한다.

　우스갯소리로 퇴사를 하지 않게 만들 강력한 무기는 바로 할부의 노예가 되기라는 말이 있다. 값비싼 전자기기나 자동차를 할부로 사버리거나 혹은 자취를 시작해서 매달 월세를 내야 한다거나 내가 직접 돈을 벌지 않으면 안 될 이유를 만들어내서 퇴사를 할 수 없게끔 만드는 것이다. 물론 상황이 너무 극단적이기는 하지만 나처럼 뭐든 금방 그만두고 싶어 하고 명분이 없거나 이유가 없으면 끈기가 금세 사라져 버리는 사람에겐 적당히 필요하기도 한 방법인 것 같다. 그래야 스스로에 대한 책임감과 독립심이 강제로라도 발동되기 때문이다.

다른 글에서도 말했다시피 인간은 무언가를 해서 상을 받았을 때보다 무언가를 하지 않으면 손해를 보거나 큰일이 나거나 할 때 더 열심히 하게 된다고 한다. 스스로에 대해 생각했을 때 자신이 도망가는 것에 익숙하고 책임감이 부족한 스타일에다가 열정도 없는 것 같다면, 반강제적인 긴장을 주는 것은 좋은 방법이다. 자신을 향한 다짐이나 단순한 호기심에서 출발한 마음은 불씨와 같다. 그 마음에 기름을 들이부어 잘 키우면 엄청나게 커져 내 인생을 이끄는 목적이 되어 주지만, 찬물이나 산소를 차단하는 모래가 끼얹어지면 자욱한 연기 같은 미련과 좌절감만 남기고서 훅 꺼져버린다. 스스로가 스스로를 제어하지 못하는 사람이면 다짐이나 호기심, 단순히 하고 싶다는 마음 하나로는 금세 그것이 작심삼일로 끝나버린다는 것이다. 그 마음을 키우고 지속하려면 '하지 않으면 큰일이 나는 것'을 만들어야 한다. 너무 극단적으로 만들면 안 되겠지만, 그래도 스스로를 긴장하게 만들 정도로 약간의 불안함을 유발하는 무언가

를 만들어 두고 시작하면 그것이 나를 일어서게 만들고 걸어가게 만들
수 있다.

 많은 연예인들이 "하기 싫어도 어떻게 해요. 그래도 해야지." 하고 말
하는 영상이 SNS에 떠돌아다녔다. 어쩔 수 없이 그래도 해내야 하는 것,
그것이 바로 나를 일어서게 만들고 걸어가게 만드는 동기가 된다. 그 동
기가 되는 것은 사람마다 다 다를 것이다. 나에겐 그 동기가 '죽어도 맨날
똑같이 반복되는 하루를 사는 사람이 되고 싶지 않아' 하는 마음이었다.
그 마음이 너무너무 하기 싫은 일들, 그러나 꼭 해야만 하는 일들을 처리
해야 할 때 어쩔 수 없이 해야 하는 적당한 긴장감을 심어주었다. 그러나
때로는 그 마음도 내던지고 싶을 정도로 너무 하기 싫고 버거워서 눈물
을 흘리기도 했다. 그렇지만 분명히 말할 수 있는 건 처음엔 그런 긴장감
만으로 걸어가게 되었어도, 그 긴장감을 통해 걸어가다 보면 이루게 되
고 얻게 되는 것들이 늘어날 것이다. 그럼 언젠가부터는 그것을 지키기
위해, 그것을 잃어버리지 않기 위해 더 열심히 걸어가는 내 모습을 발견
하게 될 것이다. 어느새 나는 어떻게 해서든 내 인생을 책임지고 있는 것
을 발견하게 될 것이고, 하기 싫은 일도 결국 해내고 마는 성숙한 사람이
되어 있는 걸 느낄 수 있다. 그렇게 자신과 한 약속이 성취되고 내가 직접
이루어 나가는 일들을 보면 스스로에 대한 자존감도 올라가게 된다. 그

러니 끈기가 없어서 첫 단추를 끼우는 것도 자꾸만 포기하게 된다면, 그런 이들에게 권하고 싶다. 당신이 움직이지 않으면 안 될, 내가 나태해지면 쫓아와서 괴롭힐 적당히 무서운 선생님 같은 것을 만들어 버리라고. 그럼 그 적당한 스트레스와 긴장감으로 결국 걸어가게 될 것이고, 당신이 그 길에서 무언가를 이루게 된다면 그때부터는 나를 쫓아오는 마음이, 이뤄내야 할 것에서 지켜내야 할 것으로 더욱 값지게 변해 있을 것이라고.

소중한 것이 많아지는 삶으로,

기분 좋은 변화를 이루어 내길 응원한다.

낮은 자존감이란

내 앞에 어릴 적의 내가 있다고 상상해 보자. 그리고 그 아이에게 내가 지금 스스로에게 하는 좋지 않은 생각들을 가감 없이 그대로 말한다고 생각해 보자. 과연 나는 그 아이에게 이런 말을 서슴없이 할 수 있을까. "너는 왜 그 모양이야? 네가 그러면 그렇지. 뭐 하나 잘하는 것도 없어서 이 험한 세상 어떻게 살아갈래? 왜 그렇게 나약하니?"라는 식의 자기 비하의 말을 정말, 그 어린 나에게 내뱉을 수 있을까.

앞에서 말한 예시는 영국 드라마 〈마이 매드 팻 다이어리〉에 나오는 장면이다. 뚱뚱한 자신을 경멸하는 주인공에게 상담 선생님은 앞에 어릴 적 자신이 있다고 상상하고, 그 아이에게 내가 지금 스스로에게 하는 자기 비하의 말을 내뱉어 보라고 한다. 주인공은 눈물을 뚝뚝 흘리며 그럴 수 없다고 포기한다.

　낮은 자존감이란 스스로를 믿지 못하고 끊임없이 의심하는 것이다. 그걸 조금 객관적으로 바라보자면 이런 것과 같다. 우리가 누군가와 관계를 맺고 살아갈 때 그 누군가를 계속 의심하고 끊임없이 부정적인 말을 내뱉으며 상처만 주는 것. 그렇게 지속적으로 나쁜 말을 한 후, 그 누군가가 무엇을 도전하려 할 때마다 네가 정말 그 일을 해낼 수 있겠냐며 의심하는 것과 같다. 그래서 우리는 다시 한번 생각해 봐야 한다. 내가 나 자신에게 속으로 던지는 자기 비하의 말을 다른 사람에게도 할 수 있는지, 어릴 적 나에게 할 수 있는지. 나를 사랑하는 것까지는 못하더라도, 적어도 편히 있을 수 있도록 건드리지 않는 것부터라도 시작해야 하지 않을까.

밀려버린 숙제

 언제부턴가 꽤 먼 미래의 나를 상상하고 싶지 않아졌다. 당장 5년 뒤, 10년 뒤의 나를 상상하는 것이 기대가 아니라 두려움으로 다가왔기 때문이다. 그것은 어쩌면 이제 내가 더 이상 꿈꿀 것들이 적어지는 나이가 되어 가고 있다는 증거일까.

 사랑, 우정, 꿈이라는 단어보다는 연애, 인간관계, 취업, 일이라는 단어가 더 현실적으로 와 닿고 그에 대한 나의 생각들은 먼지가 쌓인 듯 뿌옇기만 하다. 모두 그저 밀려버린 숙제 같다. 방학 내내 쌓여버린 일기 숙제처럼 언젠간 해야 할 것 같다고 생각은 하지만 쉽게 해 낼 엄두는 안 난다. 친구들을 만날 때마다 넌 그 숙제를 했는지, 하고 있다면 어느 정도까지 했는지 자꾸만 묻게 되고, 누군가는 이미 착실히 하나씩 해 나가고 있는 것을 보며 이러다 나는 하나도 해내지 못할 것 같아 한숨만 쉰다. 그런데도 여전히 시작할 엄두도, 나에게 어떤 일이 일어날지도 모르겠는 것이 꼭 마치 밀려버린 숙제 같다.

변화의 시작은
그런 마음을 눈치채고 인정하는 것부터.
마음이 초인종을 누르는 시기는,
분명 미뤄두었던 숙제를 어떻게든 해내려고
결단해야 하는 순간일 것이다.

안녕 디지몬

　나는 가끔 어린 시절의 나를 문득 마주할 때면 이유 모를 눈물이 흐르곤 한다. 내가 어릴 적엔 '디지몬 어드벤처'라는 만화 영화가 아주 히트를 쳤었다. 나 또한 어릴 적에 그 만화 영화의 방영 시간만을 기다릴 정도로 참 좋아했었는데, 아주 오랜만에 유튜브에서 그 만화 영화의 엔딩곡을 듣게 되었다. 정말 생각지도 못하게 갑자기 알고리즘을 타고서 그 엔딩곡 영상을 보게 되었던 건데, 나는 그 엔딩 곡의 전주를 듣자마자 이유 모를 눈물이 왈칵 쏟아졌다. 물론 그 눈물의 이유를 아예 모른다고 할 수는 없을 것이다. 하지만 정확히 어떤 마음이라고 해야 할 지 감이 잡히지 않았다. 오랜만에 잊고 있던 무언가를 툭 하고 건드려서 쏟아진 그리움 같기도 하고, 아주 오랜 시간 동안 보지 못했던 친구를 오랜만에 본 반가움 같기도 하고, 그때의 나와 지금의 나의 시간 속 간극이 이렇게 크다는 것을 뼈저리게 느낀 슬픔 같기도 했다. 뭐라고 형용할 수 없는 복잡한 마음이 한꺼번에 몰려와 눈물이 계속 흘렀던 것 같다.

그리고 그 당시엔 딱히 와 닿지 않았던 엔딩곡 가사의 내용이 이제는 너무나 슬프게도 와닿았다. 어렸을 적엔 조금 더 보고 싶지만, 다음 방영 시간을 기약해야 하는 아쉬움으로만 들었던 그 엔딩곡의 가사가, 어른이 된 내게는 너무나 다른 느낌으로 와닿았기 때문이다. '내가 있는 곳 여기가 어딘지, 언제부터 시작되어 온 건지 아무도 내게 말 안 해. 가르쳐 주지 않아. 눈으로 볼 수 있는 세상이 너무나 작다는 걸 알았어.' 이런 가사들이 특히 그랬는데, 당시엔 내가 만화 영화 속 주인공들의 나이와 비슷했기에 그 만화 영화 속 주인공의 마음과 만화의 내용으로 해석하곤 했다. 나는 아직 너무 어려서 경험해 보지 못한 '미지의 세상 속 이야기' 같은 느낌으로 어설프게 생각했던 것 같다. 하지만 성인이 된 지금의 나는 세상을 뼈저리게 경험해 보고 나서야 저 가사의 의미가 어떤 말을 의미하는지 깨닫게 되어서 더 슬프게 느껴졌다. 또, 뒤이어 나오는 가사들 중 '안녕 디지몬, 친구들 모두 안녕'이라는 가사는 마치 다시는 돌아갈 수 없는 어린 시절의 내가 지금의 나에게 하는 말 같이 느껴져 더 눈물이 나왔다. 마치 '난 여기서 잘 있으니 앞으로 너도 잘 지내'라며 계속해서 그 순간과 멀어져만

가는 지금의 나에게 말하는 것만 같았다.

　〈슈가맨〉이라는 TV 프로그램에 나의 어릴 적 선망의 대상이었던 '7공주'가 출연한 적 있다. 나와 비슷한 또래 여자아이들로 구성되었던 아주 어린 걸그룹이었는데, 어느새 시간이 흘러 이젠 모두 어엿한 성인이 된 모습을 보며 MC들을 비롯해 많은 사람들이 눈물을 쏟았었다. 마치 그런 마음인 것 같다. 내가 어린 시절의 나를 문득 마주할 때 느끼는 이 울컥함은. 뭔가 딱 하나로 정의 내리기는 힘든, 아련한 추억과 더불어 다시는 돌아갈 수 없는 그때를 그리워하는 사뭇 아픈 마음이 공존하는 감정인 것 같다.

혹자들은 만화 오프닝이나 엔딩곡 가사를 쓴 사람 또한
아이의 마음을 표방하는 어른이었을 터라,
사실 그 가사들은 어른들을 위한 가사라고 말한다.
그 말이 이렇게 뼈저리게 공감이 될 줄이야.

눈에 보이지 않는 것들이 증명되는 세상

　어쩔 땐 눈에 보이지 않는 것들이 정말 있다고 증명할 수 있는 세상이 와서, 누가 좀 인연이라는 것이 정말 있다고 증명이라도 해줬으면 하는 실없는 생각을 해요.

　사랑이라는 감정은 눈에 보이지 않아도 존재한다는 걸 알아요. 그 누구도 그걸 의심하지 않는 걸 보면. 그런 것처럼 인연이라는 단어도 이 세상에 괜히 존재하는 게 아니라서 사실 진짜로 내게 누군가 인연인 사람이 있다고 미리 증명해 줬으면 좋겠어요. 계속해서 마주치는 눈과 알 수 없이 이끌리는 이 감정들이 사실 모두 다 이유가 있는 것임을. 그리고 사실 그게 운명이고, 이제 그걸 증명해 낼 수 있는 세상이 도래해서 그 사람에게 당신과 내가 운명일 수밖에 없음을 증명해 보이고 싶어요.

가끔은 그렇게 내가 느끼는 감정을 누군가에게 증명해 낼 수 있었으면 좋겠어요.

사실 운명과 인연이라는 건
눈에 보이지 않고 증명해 낼 수 없기에
더 신비하고 매력적인 것일 수도 있겠지.

달콤한 것을 조심해

나는 원래 술을 잘 마시지 못한다. 체질상 술을 못 마시기도 하고, 심리적으로도 술을 그리 즐기지 못해서 나에겐 술자리가 마냥 부담으로 다가오곤 한다. 그런 내가 20대 초반을 지나고 있을 땐 참 잦은 술 권유가 있었다. 어려운 사람부터 시작해서 편한 사람들까지 자신이 따라주는 술을 마실 것을 권유하고, 이런저런 이유를 이야기하며 술을 정중히 거절하려 하면 서운해하는 티를 팍팍 내며 곤란스럽게 만들곤 했다.

그러던 어느 날 누군가 내게 칵테일을 권했다. 애초에 술 자체가 쓰기만 하고 맛이 없다고 느껴 흥미가 없는 내게, 소주나 맥주가 싫다면 칵테일같이 달콤한 술을 마셔보는 건 어떠냐고 권한 것이다. 나는 그 이후 가볍게 갖게 된 친구와의 술자리에서 달콤한 칵테일을 한두 번 마시게 되었는데, 지금껏 술은 무조건 맛이 없다고 생각했던 내 입맛에도 꽤 잘 맞았다. 그래서 그 달큼함에 매료되어 연거푸 잔을 비우고, 계속해서 주문을 하게 되었는데 그런 나를 보며 친구가 걱정스레 말했다. 칵테일같이 달큼한 술을 더 조심하라고. 오히려 맛있는 술이 더 위험하다고. 소주같이 쓴 술은 마실 때마다 그 쓴맛이 경각심을 깨워주기도 하지만 그렇게 달큼한 술은 계속 마시게 된다고 말이다. 그리고 덧붙여 그렇게 맛있는 술이 더 빨리 취하게 되고 숙취도 심하다고. 그때는 친구의 말을 웃으며 그저 넘겼지만, 그 말대로 그다음 날 내 속은 꽤 오랫동안 쓰렸다.

어찌 보면 그 이야기는 비단 술에만 적용되는 건 아닌 것 같다. 사람도 마찬가지인 것 같다. 그저 달큼하고 톡 쏘는 매력의 사람들만 곁에 두려고 했던 20대 초반, 오히려 그런 사람들이 내게 더 숙취와 같은 오랜 아픔을 주고 떠나기도 했다. 그리고 어느새 주변을 돌아보니 지금껏 내 옆에 남은 사람들은 너무 익숙해서 조금은 재미가 없고 새로움이 없다고 느꼈던 사람들이었다. 그러나 오히려 그런 이들은 내가 우울에 휩싸여 이 세상에서 빠르게 사라지고 싶었을 때 내 옆을 지켜주며 "그러면 안 된다" 하며 그 마음에 제동을 걸어주기도 했다.

어쩌면 인생에서도 칵테일 같은 사람들이 달큼한 말만 해줬으면 좋겠지만, 그 속에 위험한 것과 심한 숙취를 숨기고 있을지도 모른다. 그래서 이제는 누군가를 단숨에 훑어보고 그 달콤한 말과 겉모습에 빠르게 취해 버리는 것보다, 조금은 쓰고 지루해도 천천히 그 사람을 알아가고 오래 바라보며 찬찬히 매력을 느껴보려 노력한다. 결국 우리는 술처럼 사람 또한 조심해야 할 필요가 있다는 말이다.

이 세상엔 좋기만 하거나 나쁘기만 한 것은 없을지도 몰라.

이 세상은 그렇게 딱 나누어떨어지는 이분법적인 세상이 아니니까.

좋은 것인 줄 알았는데 나쁜 것을 품고 있기도 하고

나쁜 것들도 때론 좋은 것을 품고 있기도 하지.

그렇게 모호한 세상 속에 뚜렷한 길을 발견하기란 쉽지가 않겠지만,

그 모호함이 주는 장점도 분명히 있어.

떠난 버스에 손 흔들어 보기

자신에게 무엇이 결핍되어 있는지 스스로가 가장 잘 알고 있는 순간이 있다. 나는 어렸을 적부터 나에게 부족하다고 느꼈던 것이 있는데, 그것은 '뻔뻔함이 결합된 순간의 센스'이다. 그래서 나는 이따금씩 TV 속 코미디언들을 보며 감탄하고는 한다. 코미디언들이 예능 프로그램에 나와서 순간적으로 맞받아치는 말들 속엔 엄청난 센스가 돋보여 감탄을 자아내는 경우가 참 많기 때문이다.

어렸을 적의 나는 소심하고 여린 탓에 정말 친한 친구들이 아닌 다른 사람들과 함께 노는 자리에선 불편함을 많이 느끼곤 했다. 할 말도 제대로 못 했고, 혹여나 함께 게임이라도 하게 되면 서로의 뻔뻔함을 한껏 뽐내야 하는 벌칙 타임에서 난 그런 센스를 보여주지 못해 분위기가 가라앉은 적이 몇 번 있기 때문이다. 친한 친구들과 있으면 내 우스꽝스러운 모습을 보여 주는 게 어려운 일은 아니었지만, 나에 대해 잘 모르는 사람이 한 명이라도 끼어 있으면 그런 모습을 보여 주기가 힘들었다. 그래서 스스로를 일명 '노잼'인 사람처럼 느끼기도 했다.

시간이 지나 성인이 된 지금의 나는 처음 만나는 사람에게 먼저 다가가 친해져야 하는 상황에 많이 놓이다 보니, 그런 일이 적어지고 좋은 요령도 생겼다. 그러나 나의 소심한 부분은 다른 부분에서 여전히 남아 있다. 바로 이성과 이른바 '썸'을 탈 때인데, 나는 상대가 내 마음을 떠보기 위해 툭툭 던지는 미묘한 말들을 많이 어려워했다. 물론 상대는 나의 마음에 대한 힌트를 어느 정도라도 얻어야 더 다가갈 수 있으니 용기를 끌어모아 던지는 말이었겠지만, 나는 갑작스러운 상대의 호감 섞인 표현을 어떻게 받아쳐야 할지 몰라 당황하기 일쑤였다. 그 당황스러움을 애써 감추기 위해 마음에도 없는 퉁명스러운 말을 내뱉기도 했다. 나도 분명 상대에게 호감이 있지만, 상대의 아리송하고 미묘한 말들에 혹여나 잘못 대처하면 내 마음을 들킬까 두려워 "아, 뭐야. 왜 저래?" 하며 차갑게 받아쳐 버리는 것이다. 특히 그 자리에 나와 그 상대 둘만 있는 것이 아니라 다른 사람이 끼어 있는 자리라면 상황은 더욱 심해진다. 다른 사람에게 내가 그를 좋아하는 마음을 들킬까 봐 일부러 더 차가운 말들로 밀어

내 버린다. 그러면 결국 상대는 어느새 나를 포기하고, 다른 이성에게 호감을 느껴 다른 사람과 이어지곤 했다. 그런 일을 처음 겪었을 땐 나를 가볍게 떠보는 듯한 상대방의 행동이 나쁘다고 생각을 했다. 그렇지만 그런 경험이 자꾸만 쌓이다 보니, 어느새 나 자신에게도 문제가 있음을 조금씩 느끼게 된 것 같다.

그런 나에게 한 친구가 이런 말을 했다. 누군가가 너에게 "주말에 같이 영화 보러 갈래?" 하고 호감을 표시하려면 그 사람도 어느 정도의 가능성이 있어 보여야 용기를 내지 않겠냐고 말이다. 그래서 그 가능성을 확인해 보기 위해 그런 미묘한 말들을 던져보는 건데, 네가 그걸 다 퉁명스럽게 받아 치면 상대는 더 헷갈리게 된다고 했다. 반대로 생각해서 내가 좋아하는 이성에게 마음을 알아보기 위한 말들을 던졌고 상대가 그 말에 자꾸만 퉁명스러운 대답을 한다면, 나 또한 그 상대에게 가능성이 보이지 않아서 데이트 신청을 할 수도 없을 거라고 말이다. 친구의 말을 들으니 지금껏 내가 얼마나 많은 이들을 놓치고 뒤늦게 아쉬워한 건지 깨달았다.

그렇지만 여전히 나는 예고 없이 혹 들어오는 간질거리는 미묘한 말들에 어떻게 대처해야 할지 감이 오지 않는다. 같이 웃으면서 적당히 간질거리게 호감을 표할 수 있는 뻔뻔한 센스가 내게도 있었다면 참 좋을 텐데. 아니, 그것보다 마음을 숨기려고 마음과 반대로 행동하는 습관이라도 고칠 수 있다면 좋을 텐데. 그렇다면 적어도 다른 사람을 태우고 떠난 버스에 손 흔들어 보는 바보 같은 짓은 하지 않을 것 같다. 나보다 조금 더 용기 있고 센스 있는 사람에게 좋아하는 사람을 빼앗기지 않을 것 같다. 그래서 나는 종종 그런 다짐을 한다. 앞으로 내게 올 미래의 사랑에게는, 그 사람의 말과 행동을 기대하지 말고 내가 먼저 호감을 표시하자고. 물론 사람의 성격은 쉽게 변하지 않으니 내게는 여전히 어려운 일임을 알고 있지만, 그럼에도 내 사랑을 한 번이라도 아낌없이 보여 주는 내가 되어보고 싶다고. 이제부터는 나를 태울 버스를 기다리기만 하는 게 아니라, 내가 버스가 되어 누군가에게 먼저 다가가 보자고. 그렇게 다짐해 본다.

남들에게 보여준 만큼 너에게 표현했더라면

나를 떠나간 사람들을 떠올려 보면, 표현하지 못한 것들에 대한 후회가 많이 밀려온다. 다른 사람들에게 너에 대한 이야기들을 늘어놓을 땐 참 잘도 웃으며 행복해 죽겠다는 얼굴을 하고 있었는데. 진짜 잘생겼다며 너무 귀엽다며 네 사진 한 장, 네가 보낸 문자 하나에도 까르르 웃었고, 다른 사람과 있을 때 너에게 전화라도 오면 그게 그렇게 반가울 수 없었는데. 두근거리는 마음에 심호흡을 하며 전화를 받던 나를 본 지인이 걔가 그렇게 좋으냐며 놀리기도 했는데. 그런 모습을 왜 너에겐 제대로 보여준 적이 없었을까.

들뜬 목소리를 애써 가다듬어 놓고서야 전화를 받고, 아무 일도 없던 것처럼 딱딱하게 답장을 하고, 최대한 아무렇지 않은 척 그렇게 마음을 숨긴 것이 지금 와서는 참 애석하다. 정작 그 감정의 주인공이었던 너에겐 다 보여주지 못한 것이 슬프다. 다른 사람 앞에서 보여주던 내 모습과 감정을 너에게 반이라도 보여줬다면 네가 그렇게 홀연히 떠나진 않았을까 하며 미련과 후회가 범벅이 된 외로운 새벽을 보낸다. 표현하지 않은 것이 어느새 배로 자라나 표현할 수도 없는 밤으로 변해버렸다.

표현할 수도 없는 밤을 맞이하기 전에
잠깐 내 자존심을 내려놓는 것이
더 나를 위한 방법일 수도 있다.

변한 것은 내 마음

영화 〈이터널 선샤인〉을 보았다. 나는 로맨스 영화들은 자주 보지 않는 편이라서 아무리 사람들 입에 명작이라 오르내리던 작품들도 잘 보지 않았다. 그러나 그중에 〈이터널 선샤인〉은 영화 제목을 들었을 때 연상되는 어떤 느낌이 있었던 터라, 언젠가 한 번은 꼭 봐야지 했다가 그것을 이제야 실천에 옮긴 것이었다. 영화의 내용은 내가 생각했던 느낌과는 전혀 다른 내용의 영화였다. 제목의 느낌으로만 봤을 땐 좀 더 수수하고 잔잔한 내용일 거로 생각했는데, 오히려 실제 영화의 내용은 연애의 끝에서 괴로워하는 연인들이 서로의 기억을 지우는 내용이었다. 생각지도 못하게 아주 신선한 스토리였기에 마치 어지러움과 혼란스러움 속에 피어난 독특한 모양의 꽃을 보는 것 같이 느껴졌다.

영화 속의 주인공들은 서로의 기억을 지우기 위해 노력했고, 결국 그들은 기억을 지웠다. 그러나 서로의 기억을 지웠다는 것조차 모른 채 처음 만났던 장소에서 다시 마주하고, 또 서로에게 끌려 사랑에 빠진다. 그리고 나중에 서로가 어떻게 해서 기억이 지워지게 되었는지, 어떤 감정으로 서로의 기억을 지우려 했는지 다 알게 됐음에도 결국 다시 서로를 선택하게 된다. 이처럼 우리는 누구나 미완의 인생을 사는 사람들이라 같은 실수를 반복한다. 그건 누군가에게 상처 입었지만, 또 그와 비슷한 사람을 자꾸만 찾게 되는 것도, 아니면 결국 그 사람을 다시 만나게 되는 것도 마찬가지이다. 우리는 때때로 그런 생각을 한다. 처음엔 소중했으나 지금은 너무나도 힘들게 하는 상대를 보며 '차라리 만나지 말았다면 좋았을 것'이라고. 그러나 영화에선 기억을 지우는 게 그 사람을 내 인생에서 말끔하게 지워낼 수 있다고 말하지 않았다. 결국엔 기억을 지웠어도 그 상대를 다시 만나게 되면, 내가 처음 그 사람에게 끌렸던 마음 그대로 다시 똑같은 부분에 끌려 사랑하게 될 것이라고 한다. 기억을 지웠음에도 상대의 어떤 부분에 똑같이 반해 똑같이 사랑하게 된다는 것은, 기억을 지우기 전에도 그 상대가 변한 것이 아니라 상대를 보는 내 마음이 변했다는 걸 수도 있다.

영화 속에서 주인공들이 다시 만났을 때, 기억을 지우기 전 서로가 어떤 마음을 품고서 헤어지게 되었는지 녹음되어 있는 인터뷰 테이프를 듣게 된다. 그 인터뷰 내용 속엔 서로에 대한 험담이 적나라하게 녹음되어 있는데, 참 아이러니하게도 그 험담의 내용은 그들이 다시 만났을 때 서로에게 끌렸던 요소들이었다. 남자 주인공인 조엘은 여자 주인공인 클레멘타인이 충동적인 성격에 자기 하고 싶은 대로 다 하고, 머리 색도 매번 자신의 감정에 따라 강렬한 색으로 바꿔버리는 것이 너무 싫다고 인터뷰를 했지만, 기억이 지워진 후 다시 만났을 때 조엘이 클레멘타인에게 반한 요소들이 바로 그것이었다. 반대로 클레멘타인은 조엘이 지루하고 재미없고 답답한 사람이라 너무 싫다고 테이프에 녹음을 했지만, 기억이 지워진 후에 다시 만났을 때 클레멘타인은 조엘의 그런 모습을 보며 '당신은 정말 좋은 사람이다'라고 말한다. 또 더 나아가 그것들은 이들이 처음 만났을 때 서로에게 끌린 점이기도 했을 것이다. 그러나 어느 순간부터 마음이 변했기 때문에 처음과 달리 지루하고 답답한 것들로 둔갑해버린 것이다. 이처럼 지금 내 옆에 있는 소중한 누군가의 어떤 모습이 싫다면, 그건 그 사람이 이상하게 변해버린 게 아니라 그걸 모두 다 좋게 여기던 내 마음이 변한 것일 수도 있다.

〈이터널 선샤인〉은 아카데미 각본상을 받은 작품이라고 한다. 영화를 보는 내내 소름이 돋을 정도로 신선하고 독특한 스토리를 보면 당연한 결과라고 생각한다. 그리고 그만큼 이 영화 속엔 다뤄지고 있는 주제들이 다양하다. 그중 가장 주된 내용들은 관계의 소중함이다. 지금 내 옆에 있는 누군가의 소중함을 일깨우게 하는 것. 그 사람이 없어져도 잘 살 수 있다며 기억을 지우려 했음에도, 점점 좋았던 기억으로 돌아갈수록 기억을 지우기 싫다며 발버둥 치는 조엘의 모습만 봐도 알 수 있다. 만일 이 글을 읽는 사람 중, 소중하게 여겼던 주변인과의 갈등으로 괴로운 사람이 있다면 꼭 〈이터널 선샤인〉을 관람하거나 관람했던 사람에겐 재관람을 추천하고 싶다. 잠시 웅크리고 있던 누군가를 향한 진심과 소중함이 다시 일깨워질 테니까.

너의 마음이 무서울 때가 있어

너의 마음이 무서울 때가 있어.

평소와 같이 시답지 않은 농담을 했는데 특유의 웃음소리와 함께 받아쳐 줄 들뜬 목소리가 웬일인지 가라앉아 있을 때. 길게 오던 너의 답장이 이유 없이 단답으로 뚝뚝 끊겨올 때. 늘 묻지 않아도 무엇을 하고 있는지 알려주던 너의 연락이 뜸할 때. 나의 이야기를 묻던 너의 호기심이 네 눈 속에서 사그라든 것을 느꼈을 때.

사소한 순간 느껴지는 너의 눈빛, 표정, 말투 하나하나에서 더 이상 처음의 네가 느껴지지 않을 때. 그때 넌 내 세상에서 가장 무서운 귀신, 괴물, 괴수 그 어떤 것보다도 가장 무서워. 내가 다 볼 수 없는 너의 마음과 내가 꿰뚫어 볼 수 없는 너의 생각이 어떤 것으로 변해 있고 어떤 방향으로 변해가고 있는지 알 수가 없어서 말이야.

때때로 그런 불길한 느낌은 꼭 맞아떨어지곤 해서 더 무서워.
네 마음이 그만큼 나에게로 멀어지고 있다는 걸
내 온 마음이 느끼고 있는 것일 테니.

왜 너는 나를 좋아하지 않을까

이기적이라 생각할지는 모르겠지만, 나는 네가 우연이나 실수를 빌미로 새벽에 연락을 취해 왔으면 할 때가 있다. 아주 잔잔하던 호수에 작은 조약돌이 퐁 하고 떨어지면 그 파동이 꽤 오래 멀리 퍼져 나가는 것처럼, 내 일상과 마음을 조금은 요동치게 할 그런 조약돌 같은 연락을.

나는 네 앞에만 서면 한없이 소심하고 작아지고 나약해진다. 내가 먼저 연락할 용기도 없으면서, 그 연락을 네게 미루며 너를 기다리곤 한다. 가끔은 그러면서도 더 이기적으로 괜히 오지 않는 너를 생각하다 혼자 울적해지고, 공연히 아무것도 모르는 네가 미워지기도 한다. 나는 이렇게나 아픈 시간을 보내는데, 너는 참 평온하기만 하구나. 어쩌면 내 마음을 다 알면서도 그러는 게 아닐까 혼자 착각을 하기도 한다. 내 마음을 알아챌 빌미도 준 적 없으면서.

　왜 너는 나를 좋아하지 않을까. 왜 너는 날 떠올리며 울적해하지 않을까. 뭐하냐고 한 마디 물어보는 게 그렇게 어려울까. 그냥 한 번만이라도 내게 먼저 다가와 줬으면 좋겠는데. 선잠이 든 새벽, 갑자기 전화벨이 울려 받은 전화기 너머에 울먹이는 너의 목소리가 들린다면 얼마나 좋을까. 나는 이렇게 널 좋아하는데, 너는 왜 평온하냐고, 주체할 수 없을 만큼 네가 보고 싶은데 왜 너는 내 옆에 없느냐고, 그래서 이제는 못 참겠다고, 너무 좋아한다고. 그렇게 울며 전화할 너를 얼마나 바라는지. 그런 일은 절대 일어나지 않을 거란 걸 잘 알지만, 마음 한구석에는 간절히 바라고 기다린다. 또, 네가 울먹이며 말해줬으면 하는 말들이 사실은 내가 하고 싶은 말이란 걸 깊이 알고 있어서 부서질 듯 아프다. 지금 이 순간에도 여전히 널 너무 좋아하고, 놓지 못하는 내가 초라해서.

내가 너에게 듣고 싶은 말은,
내가 너에게 너무 해주고 싶은 말이기도 해.

사랑이란 무너져 내리는 것

누군가를 사랑한다면 그 사람이 좋아하는 것을 알고 있는 것도 중요하지만 싫어하는 것을 알고 있는 것이 더 중요할지도. 그 사람이 좋아하는 것을 같이 해주는 것도 중요하지만, 내가 좋아해도 그 사람이 싫어하는 거라면 하지 않아 주는 게 더 중요할지도. 그 사람이 손해 보지 않게 옆에서 도와주는 것도 좋지만 만일 그 사람이 나에게 손해를 끼쳐도 오직 그 사람에게만 괜찮아하는 것이 나을지도. 그 사람을 위해주려 멋진 내가 되려고 하는 것도 좋지만 그 사람을 위해서는 잠시 나를 내려 두고 내 고집을 내려 두는 것이 나을지도.

사랑이란, 그 사람을 위해 무언가를 쌓아 올리는 것보다 꽉 붙잡고 있던 나의 모든 것이 그 사람 앞에서만 모조리 무너져 내리는 것이지 않을까.

어쩌면
그게 그 사람을 이 세상에서
가장 특별하게 만들어주는 것일 수도.

part1. 가끔은 넘어지기도 하지만

PART 2

살다 보면 그런 날도 있어

달달하면서도 시큼하기도한
인생을 살아가는 우리를 위해 —.

누군가를 처음 마음에 담은 날

주변의 누군가가 이제 막 사랑에 빠진 것 같은 때가 있었다. 그래서 그 지인에게 좋아하게 된 사람이 생겼냐고 물어보았더니, 지인은 화들짝 놀라고 손사래를 치며 아니라고 발뺌을 했다. 하지만 그날 그는 내가 알던 평소의 그와는 사뭇 달랐다. 자꾸만 피식 웃으며 기분이 들떠 보였고 목소리도 상기 되어 있었으며 말투에도 평소보다 훨씬 다정함이 묻어났다. 그것은 마치 사랑을 시작할 때 세상 모든 것이 아름다워 보여서 누구에게나 살가워지는 모습과 같았다. 또, 어느새 그의 볼이 살짝 붉어져 있는 것을 보니 더더욱 확신이 들었다.

그렇게 아니라고 발뺌을 하던 지인은 얼마 지나지 않아 나에게 연애를 시작했다고 털어놓았다. 그러고는 곧바로 신기하다는 표정으로 나에게 물었다. 전에 좋아하는 사람이 생겼냐고 물어봤을 땐 상대방에게 호감을 가진 지 얼마 되지 않아서 자기도 자신의 감정을 확실히 알아차리지 못했는데 대체 어떻게 알았냐고 말이다. 그래서 나는 대답했다. "그날 네가 하는 모든 행동들이 평소와 달랐고, 그 행동은 내가 누군가에게 호감을 갖게 되었을 때 하는 행동과 같았거든." 하고.

누군가를 마음에 처음 담은 순간은 참 신기하다. 걷고 있는 거리, 나를 스쳐 가는 바람, 매일 떠오르는 익숙한 달, 행여나 달이 구름에 가려져 보이지 않더라도 그냥 그 순간의 모든 것이 마냥 좋다. 일분일초 내쉬는 숨들이 모두 살아있는 의미를 가지는 것만 같고, 내가 좋아하는 그 사람도 나를 의식하고 있다는 사실이 한없이 좋아서 온 세상이 나풀거리는 것만 같다. 나는 사랑에 빠지면 그 사람을 생각하느라 불면증에 걸린 사람처럼 잠을 설치는 경향이 있다. 그래서 사랑에 빠지면 매일이 피곤하고 아픈 것만 같은데도 그와 나누는 대화 한마디에 금세 세상이 다 재미있고 아름다워 보인다.

이로써 사랑은 행복이라 부르기엔 아직 불완전하지만, 그것마저 재미있고 사랑스러워지는, 세상에서 가장 신기한 기적인 것 같다.

행복이라는 것이 여러 가지로 정의 되고 있는 이 시대에
가장 뚜렷하게 보이는 행복이 바로 사랑이라서,
우리는 계속해서 그 사랑을 추구하며 사는 것이지 않을까.
누군가가 내 마음을 받아주고
나와 함께 하기로 했다는 것 하나만으로도,
늘 작고 보잘것없게만 느껴졌던 내가
세상을 다 가진 것만 같은 느낌이 드는 걸 보면 말 다 했지.

타이밍이 다는 아니야

영화 〈어바웃 타임〉에는 그런 대사가 나온다.

'아무리 시간 여행을 해도 누군가가 날 사랑하게 만들 수는 없다.'

사랑은 타이밍이라는 말이 만연하게 퍼져 있지만, 그 말의 전제엔 그 사람과 타이밍이 맞았을 때 그에게 다가갈 용기가 있어야 한다는 것이 깔린다.

무수히 많은 타이밍이 있었음에도 다가가야 할 순간에 끈덕지게 내 마음을 잡아채는 망설임, 불안함, 두려움 등이 그에게 다가가지 못하게 막으면 그 어떤 사랑도 이루어질 수 없는 것이겠지. 또, 사랑뿐만 아니라 인생의 많은 부분은 어쩌면 타이밍보다는 용기가 더 중요한 요소이지 않을

까 싶다. 아무리 타이밍이 맞는다고 해도 용기가 없다면 그 어떤 것도 내
옆에 붙잡아 둘 수 없으니까.

사람의 마음은
내가 억지로 끌어당긴다고 해서
끌려오는 게 아니니까.

잊고 싶지 않은 사람, 잊으면 안 되는 사람

"가장 좋아하는 영화가 뭐예요?" 하는 질문을 많이 받는다. 그러면 나는 재미있게 봤던 많은 영화들이 머릿속에 한꺼번에 떠오른다. 국내 영화, 해외 영화로 나뉘면 또 새로운 대답이 떠올라 우열을 가리기가 힘들다. 그럴 때는 앞에 붙은 '가장'이라는 단어의 뜻을 곱씹어 본다. '가장'이라는 말이 붙은 질문을 들으면 꼭 이런 말처럼 들린다. '죽기 직전에 하고 싶은 것을 골라보세요'라는 말로. 그러면 꼭 하나의 영화를 선택하게 된다. 그것은 바로 〈너의 이름은〉이라는 애니메이션 영화이다.

그러면 뒤이어 "왜 그 영화를 가장 좋아하세요?"라는 질문이 돌아온다. 나는 〈너의 이름은〉뿐만 아니라 신카이 마코토 감독의 영화를 대부분 좋아하는 편이다. 사실적인 그림체와 잔잔하면서도 여운을 만드는 스토리, 그 감독만의 특유 감성이 좋기 때문이다. 그래서 그 감독의 다른 작품인 〈언어의 정원〉이나 〈초속 5센티미터〉도 참 좋아하는 편이다. 하지만 그 두 영화와는 다르게 〈너의 이름은〉은 스토리에 판타지적인 요소가 들어있어서 내용이 조금 더 흥미진진하다. 지금부터 영화의 내용에 관한 이야기를 할 것이니 혹시나 이 글을 읽는 당신이 이 영화를 보지 않았고 볼 마음이 있다면 잠시 이 글 읽는 것을 미뤄두고 영화를 본 이후에 다시 읽기를 조심스레 권해본다.

〈너의 이름은〉 영화 속 주요 설정은 주인공들끼리 몸이 바뀐다는 설정이다. 그러한 설정은 많은 작품들 속에 나오기 때문에 처음 영화관에서 볼 때는 되게 진부하다고 생각했고 그래서 초반엔 굉장히 지루한 마음으로 보았다. 그런데 조금 더 스토리가 진행이 되니, 시간대가 어긋나 있는 과거의 사람과 미래의 사람의 몸이 바뀌었다는 것을 알았을 때는 정말 소름이 돋았다. 심지어 여주인공인 미츠하가 사실은 3년 전에 죽은 사람이라는 것을 알았을 때의 그 신선함과 흥미진진함이란 이루 말할 수가 없었다. 그 신선한 스토리에 감명받아서 나중엔 영화 파일을 구매 후 다운로드 해서 수시로 보고 또 보았다. 아마 영화 파일이 컴퓨터 파일이 아니라 실제 존재하는 사물이었다면 하도 꺼내어 봐서 닳고 닳았을지도 모른다. 그 후 우연한 기회로 서점에서 〈너의 이름은〉 소설 판 책까지 발견하게 되고, 책으로 읽어보니 영화에선 쓱쓱 지나가 버렸던 장면들도 글로 깊게 접할 수 있었다. 그래서 그 진한 감동에 언젠가부터 가장 좋아하는 영화가 되어버렸다.

〈너의 이름은〉 영화 속에서 특히 신선하면서 공감했던 설정이 하나 더 있다. 그 둘의 몸이 바뀌는 것이 '꿈속'이라는 설정인데, 그 꿈에서 깨어나면 바뀌었던 순간의 기억들이 점차 사라져 버리는 게 너무나 와 닿았다. 그래서 극 중 미츠하의 할머니는 이런 말을 한다. "꿈이란 언젠간 사라져 버린단다." 하고. 실제로 우리는 꿈을 자주 꾸지만, 그 모든 꿈을 기억하지 못한다. 또 정말 기분이 좋았거나 악몽처럼 힘겨웠던 꿈들도 누군가에게 이야기해 놓거나 어디에 적어 두지 않으면 금세 무슨 꿈이었는지 기억이 안 날 때가 많다. 기억하기 위해 적어 두려고 하다가도 마치 증발이 되어 버리듯이 기억이 사라지는 경험도 하고, 꿈속의 기분들만 남은 적도 많다. 나는 가끔 그런 생각을 한다. 어쩌면 나도 극 중 미츠하 타키처럼 누군가를 잊으면 안 되는데 잊어버린 건 아닐까 하고. 그게 꿈속에서 만난 사람이든, 나의 과거에 실제 존재했던 사람이든, 어떤 중요한 사람을 잊고 사는 것만 같다고. 노을이 지는 강가나 어둑어둑해지는 호수, 깜깜하지만 별이 반짝이는 밤하늘을 보고 있으면 왜인지 모르게 마음이 시큰거리는 게 그래서 그런 것은 아닐까 하고.

자연의 풍경을 가만히 바라보고 있으면 알 수 없는 형태의 마음이 생기곤 한다. 뭉클하기도 하고, 기분이 좋은 건지 우울한 건지, 아니면 이 풍경이 내 마음에 위로가 되어 그런 건지도 알 수 없는 마음이. 마치 어딘가에 내가 잊으면 안 되는 기억이나 잊고 싶지 않은 사람을 잊어버리고서 그 깜깜한 기억 속 언저리를 더듬거리고 있는 것만 같은 기분이 든다. 아마도 전에 사랑하고 아꼈던 누군가와 끊어지고 더 이상 상처 받고 싶지 않아 묻어둔 기억 속에서 오는 마음인 것 같다. 마치 누군가를 아직도 좋아하고 사랑하는데 그 대상이 누군지도 모르는 것 같은 이상한 이 기분. 어쩌면 나는 그 영화 속 주인공들처럼 잊으면 안 되는 사람을 잊고 살아가는 것은 아닐까 하는 그러한 생각을 가끔 하게 된다.

그 생각의 실체가
바로 외로움이 아닐까 하고 생각해 본다.

감정에 솔직한 사람

인생에서 만났던 사람들을 되돌아본다. 그리고 그중 내가 매력적인 사람이라고 느껴 호감을 갖게 된 이들을 떠올려 봤다. 생각해 보니 그들은 하나의 공통점이 있었다. 그건 바로 자기 자신의 감정을 솔직하게 표현할 줄 아는 사람들이었다는 것이다.

감정에 솔직하다는 것, 그리고 그걸 또 가감 없이 진실하게 표현할 줄 안다는 것은 어떻게 보면 쉬운 일 같지만 내겐 세상 가장 어려운 일이었다. 특히 누군가를 좋아하는 감정과 관련된 것들은 더더욱 그러했다. 여기서 한 가지 짚고 넘어가자면 '감정을 솔직하게 표현한다'라는 것은 할 말 하지 못할 말 구분 못하고 다 내뱉는 것이 아니다. 간혹 자신은 솔직한 사람임을 내세워 타인에게 하지 말아야 할 무례한 말을 서슴없이 하는 사람이 있는데 그건 감정에 솔직하다기보다 그것을 앞세워서 자신의 무례함을 표출하는 것뿐이다. 내가 말하는 솔직함의 정의는 살아가면서 민망함과 두려움 때문에 나도 모르게 아닌 척하며 숨기게 되는 감정들이 있는데, 그것을 상대에게 자연스레 표현할 줄 아는 것이다.

나에게도 그런 사람들이 있었다. 굳이 직접적으로 "좋아해" 하고 말하지 않더라도 그들은 아주 자연스럽게 나에게 가진 좋은 감정을 드러내는 법을 알고 있었다. 예를 들면 이런 것이다. 자신의 취침 시간을 한참 넘기고서 잠이 쏟아져도 나의 웃는 목소리가 너무 좋아 계속 통화하고 싶다며 뜨거운 휴대폰을 귀에 대고서 졸던 미련함, 나의 하루가 궁금하다며 귀찮을 정도로 자주 걸려 오던 전화, 땀이 많아 더위를 많이 탄다면서도 한여름 밤 함께 걸을 때 굳이 맞닿은 상태로 걷던 어깨, 무거운 짐을 낑낑거리며 들고 갈 것이 걱정된다며 굳이 들어주겠다고 쫓아오던 오지랖과 같은 것. 나에게 관심이 없으면 하지 않을 행동들을 서슴없이 하며 나에 대한 호감을 자연스레 표현해 주던 그런 사람들, 그들은 시간이 한참 지난 지금 생각해 봐도 참 매력적이다.

또, 날 볼 때마다 자연스레 얼굴에 띄운 미소와 날 향한 관심 어린 질문들이 그랬다. 그 질문들은 아주 사소하지만 이상하게 사소해서 더 특별했다. 타인에게는 하지 않을 아주 일상적이고 사소한 질문을 나에게만

한다는 것이 참 로맨틱했고 그런 사소한 것까지 알고 싶어 한다는 게 내가 그 사람에겐 다른 사람들과는 다르게 느껴진다는 뜻일 테니까. 또, 그런 질문들로 내게 얻어낸 대답들을 그들은 참 잘도 기억해 둔다. 그리고서 시간이 지난 후 다른 대화를 하는 도중에도 내가 말해주었던 것을 툭툭 꺼내어 내게 관심이 있다는 걸 알리는 데에 거리낌이 없다. 나와는 참 상반되는 사람들. 나였다면 이런 행동으로 내 마음을 보여주면 매력 없다며 싫어하진 않을까 별별 핑계와 걱정을 앞세워 감정을 숨겼을 텐데. 그래서 아무런 행동도 못 했을 텐데.

주변을 살펴보면 이별을 한 후에 꼭 전 연인이 다시 만나고 싶다며 뒤늦게나마 꾸준히 연락이 오는 사람들이 있다. 심지어 먼저 헤어지자고 했던 상대가 잘못을 뉘우치며 제발 다시 만나달라고 애걸복걸하는 경우도 많이 보았다. 그런 사람들을 자세히 들여다보면 그들은 상대에게 자신의 감정을 솔직히 보여주며 좋아하는 만큼 다정하고 진솔한 모습을 보여줬던 사람들이다. 그러다 보니 헤어졌던 사람들이 '자신을 그만큼 솔직하게 좋아해주는 사람을 다시 만날 자신이 없다'라며 돌아오려고 하는 것이었다. 그건 나조차도 알고 있다. 나를 좋아하는 감정을 솔직하게 다 보여주던 사람이 갑자기 내 옆에서 사라지면 그것만큼 인생이 허전해질 일이 없다는 것을.

"감정을 솔직하게 표현해야 해. 보내지도 않을 연애편지나 쓰고 있으면 안 된다고." 내가 좋아하는 영화 〈내가 사랑했던 모든 남자들에게〉에 나오는 대사이다. 너무나도 공감하는 대사였지만, 내가 그 대사에 맞게 행동할 수 없다는 사실이 참 슬펐다. 영화 속 주인공은 그 말에 용기를 얻어 사랑을 얻어냈지만, 그 용기 내는 법을 나 또한 너무나 배우고 싶은 밤이다.

널 자꾸 생각한다는 건

    요새는 어떤 대상을 마니아적으로 좋아하는 것을 이른바 '덕질'이라고 한다. 그리고 그 대상을 처음 좋아하게 되는 순간은 '입덕'이라고 한다. 대충 그 의미를 정리하자면 그 대상을 '덕질'하는 것에 처음 '입문'하는 순간을 가리켜 말하는 것이다. 그리고 그 말에서 파생된 말 중엔 '입덕 부정기'라는 말이 있다. 그건 바로 내가 어떤 대상을 좋아하게 되었는데 나는 그 대상을 좋아하지 않는다며 자신의 마음을 부정하는 기간을 말한다. 나는 그 단어를 들으며 느낀 것이 있다. 이런 말이 파생되어 나올 정도로 많은 수의 사람들이 어떤 대상을 좋아하게 되면 그 마음을 부정하는 순간을 맞닥뜨리는구나. 그게 나만 그랬던 게 아니구나 하는 것이다. 또한, 우리는 참 다양한 상황과 이유로 자신의 마음에 솔직하지 못하구나 하는 생각을 하게 되었다.

나 또한 좋아하는 연예인이 있다. 아주 어렸을 적부터 그 연예인이 누구냐 하는 대상만 바뀌었을 뿐, 누군가를 열렬히 좋아하는 마음은 항상 가지고 살았던 것 같다. 이 부분에 대해서 이해하지 못하고 이해하려 하지도 않는 사람들도 있지만, 나는 어떤 대상을 열렬히 좋아하는 그 마음 하나로도 삶을 살아가는데 충분한 삶의 이유를 느끼게 해 준다고 생각한다. 물론 너무 심하게 좋아해서 나 자신을 잃어버려서는 안 되겠지만, 어떤 대상을 사랑하는 마음이 있다면 이 무미건조한 세상을 살아가는데 조금이나마 살아갈 원동력이 되어 주는 것은 사실이다. 그러나 그런 나조차도 누군가가 갑자기 마음에 들어오게 되면 잠시 내 마음을 의심하는 순간을 갖게 되는 것 같다. 그 사람이 왜 좋은지, 정확히 어떤 점이 좋은 건지 명확하게 내 머릿속에 입력되어 들어오는 것이 아니기 때문에 더 당황스러운 시간을 지나게 된다. 조금은 과격해 보이기도 하는 말이지만 많은 사람들이 누군가에게 빠지게 되는 그 순간을 '그 사람에게 치였다'라고 말하기도 한다. 나는 그 말을 들을 때마다 누가 생각해 낸 건지 참 비유를 잘했다는 생각이 든다. 정확한 이유는 알 수 없지만 누군가가 갑자기 내 마음에 들어온 그 순간을 마치 차에 치인 것처럼 그 사람의 매력에 치였다고 하는 것이다. 아마 사랑을 교통사고에 비유하는 말과 같은 맥락이겠지. 이 밖에도 누군가의 모습이 너무 멋있거나 귀엽거나 좋아 보일 때 우리는 '심장 폭행'을 당했다며 치였다는 말과 비슷하게 조금은 고통스러운 말을 사랑에 비유하게 되는 것 같다. 그 모든 것들을 찬찬히 생각해 보면 누군가를 좋아하게 되는 순간들이 아픔과 고통에 비유할 정도로 아주 강렬함을 선사하는 것 같다.

　나는 이른바 그 입덕 부정기가 연예인을 좋아하게 됐을 때보다는, 주변의 누군가를 좋아하게 됐을 때가 가장 긴 것 같다. 어떤 사람이 좋아지면 그 사람이 왜 좋은지 정확히 설명할 수는 없지만, 그 사람의 느낌과 분위기 그리고 풍기는 아우라 같은 것들이 자꾸만 생각이 난다. 그중 어떤 사람은 그 영향력이 너무나 커서 밤새 그 사람을 생각하느라 잠도 못 자게 된다. 그리고 나는 그런 순간이 참 당황스럽다. 사랑의 시작을 아픔에 많이 비유하는 것처럼 결국 이 마음을 내가 진정시키지 못하면 항상 아픔과 상처로 끝나게 될 것을 느껴서 그런 것일지도 모른다. 내가 어찌할 수 없는 이 마음을 순순히 그냥 받아들이고 시작하기엔 무서워서. 이 감정이 커져 버리면 결국 나의 많은 것을 삼켜버릴 테니까. 그래서 자꾸만 스스로에게 아니라고 속이며 되뇌어 보지만, 사실은 이미 알고 있다. 내가 그 사람 생각을 하느라 내 시간을 버리고 있고, 잠도 못 잔다는 것부터 그 사람의 어떤 매력에 나는 이미 치여버렸다는 걸. 이미 그 순간 번쩍하는 강렬함에 정신을 못 차리고 자꾸만 그를 생각하게 된다는 걸. 그리고 참 모순되게도 그 순간은 사랑의 모든 과정 중에 가장 매혹적이고 매력적이다.

내가 참 좋아하는 나태주 시인의 시 중에 그런 구절이 있다. '나는 이제 너 없이도 너를 좋아할 수 있다'라는 구절. 그 구절을 처음 봤을 때 참 감탄했다. 어떻게 보면 누군가를 좋아하기 시작하고 그 마음을 키우는 것은 그 사람이 아니라 나일 것이다. 그 사람은 잠시 내 눈앞에 머무르고 사라졌지만, 그의 모습을 하나하나 떠올리고 그 생각에 슬로우 모션을 걸고 또 걸고…. 그렇게 머릿속에 그를 끊임없이 반복 재생하는 건 나니까. 그리고 그 생각들이 콩알 같던 내 마음을 굴리고 굴려 어느새 거대한 눈덩이처럼 불어나게 만드니까. 이 새벽에 너를 생각하느라 잠 못 드는 순간, 그때부터 난 너 없이도 너를 뜯어보고 훑어보고 그러다 너를 아플 정도로 좋아하게 될 테니까.

나를 힘들게 하는 사람을 선택한다는 건

나는 어릴 적부터 겁이 많아서 다정하고 살가운 사람을 좋아했다. 누구는 그런 사람이 싫겠나 하겠지만 나는 주변의 다른 친구나 지인들보다도 더 사람을 재곤 했다. 그리고 이러한 취향은 좀 더 자란 후 이성을 보는 안목에도 영향을 미쳤다. 그래서 그런지 스무 살이 넘어 내가 좋아하거나 만난 이성들은 전부 주변인들도 인정할 정도로 다정하고 살가운 사람이었다. 그 탓에 한동안은 주변 친구나 지인들이 나에게 네가 사람 보는 눈이 있다며 자신이 연락하고 있는 이성이나 남자친구와 있었던 에피소드를 쏟아내거나, 가끔은 서로 주고받은 메시지까지 보여주기도 했다. 나에게 이 사람이 어떤 사람인 것 같은지 물어보는 것이었다.

그런데 사실 나의 그런 부분은 나 자체가 겁이 많고 상처받는 것을 극도로 두려워해서 형성된 것이다. 나는 이성 문제뿐 아니라 원래도 사람에게 상처받는 것을 두려워해서, 직설적으로 말하거나 자신이 원하는 대로 뭐든 다 맞춰줘야 하는 성향의 사람들은 곁에 두지 않는 편이다. 그런 성향이 이성을 볼 땐 신중해지니 더욱 심해지게 되는데, 그래서 외모를 보고 첫눈에 반하게 되어도 그 사람을 바로 좋아하진 않는다. 일단은 나도 모르게 경계심을 높이고 그 사람을 지속적으로 지켜보게 된다. 그의 어떤 한 부분이 내게 호감으로 작용하여 내 마음에 노크를 해도, 문을 열지는 않고서 문에 작게 내어진 구멍으로 그 사람의 행동을 계속 주시하는 것이다. 나를 대하는 태도는 물론이고 다른 사람을 대하는 태도, 말투, 표정, 행동 등 자그마한 것까지 세심하게 보는 편이다. 또 그의 주변인들이 그를 대하는 태도까지. 그 모든 것을 지켜보고 나서 어느 정도 괜찮다고 생각하면 그제야 마음의 문을 연다. 하지만 그 문을 열게 되면 엄청나게 빠른 속도로 그에게 빠져든다. 그 문을 열 정도의 사람은 내가 좋아할 모든 것을 갖추고 있는 사람이기 때문이다. 물론 이렇게 깐깐히 따져도 가끔은 상처받기도 했지만, 그래도 대부분 좋은 사람을 만났기 때문에 다음엔 더 좋은 누군가를 기다리게 된다.

작가 일을 시작한 지 얼마 되지 않았을 때 가끔 SNS 메시지로 고민 상담을 받곤 했는데, 연애에 관련된 고민들이 참 많았다. 그런데 그 사연을 들어보면 이게 연애를 하는 건지, 싸우고 화를 내기 위해 만나고 있는 건지 이해가 가지 않는 경우가 많았다. 그들의 이야기만 들으면 사랑을 하는 거라곤 생각하지 못할 정도의 그러한 연애. 처음엔 그런 사연들이 많지는 않을 거라고 생각했는데 몇 년간 고민 사연을 듣다 보니 생각보다 그런 사람들이 꽤 많다는 것을 알 수 있었다. 그들의 이야기를 찬찬히 들어보면 몇 가지 공통점이 있었다. 그 여러 고민들 속 만나는 상대방의 성향이 모두 비슷해 보였는데, 그들이 만나는 사람들은 자신의 애인이라 할지라도 자기가 화가 나면 막말을 하거나 함부로 대하고 상대를 무시하는 게 일상인 사람들이었다. 그리고 그 고민을 상담하기 위해 메시지를 보낸 사람들도 어느 정도 비슷한 면이 존재했다. 내가 그들에게 '그런 사람은 만나지 말고 좀 더 자신을 존중해 주고 아껴주는 사람을 찾아보라'라는 이야기를 하면, 자기는 원래 '착하고 다정하고 자신에게 맞춰 주기만 하는 사람은 재미가 없어서 만나지 못한다'라며 '원래 나쁜 사람을 좋아하는 취향'이라는 대답이 돌아오기도 했다. 그러면 더 이상 나는 도움 될 수 있는 말을 할 수 없을 것 같아 에둘러서 답장을 끝내 버리곤 했는데, 그럴 때마다 참 기분이 씁쓸했다.

충분히 재고 따져 본 후에 만난 사람이라 해도 처음엔 한없이 다정하던 사람이 나중엔 변하는 경우가 많다. 그렇게 사람을 많이 재는 나 또한 그런 경험을 해봤으니까. 그런데 애초부터 내게 상처 주고 힘들게 하는 사람을 택하는 것을 보면 정말 안타깝다. 나보다 다른 무언가를 우선시하고, 나를 무시하고, 툭하면 연락이 두절되어 걱정하게 만들고, 말로 상처주는 그런 사람을 대체 왜 계속 선택하고 만나게 되는 것일까. 예전에는 그런 고민들이 들려오면 만나지 말라고 단호하게 말리곤 했는데 이제는 그냥 내버려 둔다. 얼마나 힘든 연애를 하든 그것은 본인이 선택한 것이고 나에겐 그들이 선택한 사랑을 방해할 권리가 없으니까. 본인도 힘겨운 시간을 보낼 걸 알면서도 그 사람을 택한 이유가 있을 거라 여기며, 그저 뻔히 보이는 미래의 힘겨운 시간들을 조금은 덜 힘들게 보냈으면 하고 신경을 쓰지 않게 된다.

그래도 이 글을 읽게 되는 사람들은 사랑스러운 연애를 하게 되었으면 좋겠다. 처음부터 나를 힘들게 하고, 앞으로도 상처를 줄 것이 눈에 보이는데도 그런 사람을 덜컥 선택하지는 않았으면 좋겠다. 싸우기 위해 만나는 것 같은 그런 연애가 아니라, 자신의 마음이 다치지 않을 연애를 했으면 좋겠다. 그 사람이 나를 존중하지 않는 모습이 뻔히 보이는데도 에라 모르겠다 하며 냅다 연애를 시작하진 않았으면 좋겠다. 나를 위해 조금 더 신중히 그 사람을 바라보고 내가 그 사람을 존중하는 만큼 상대도 나를 존중하는 것이 보이면 마음을 열어주는 그런 사랑을 했으면 좋겠다.

존중하는 만큼, 존중받는 연애를 하길.

매혹적인 그리움

    끊어진 지 한참은 된 네가 갑자기 떠오를 때마다 아직도 널 향한 그리움이 남아있었나 하며 당황스럽다. 추적추적 비가 내려서 창문에 빗물이 길을 그리며 내려가는 것을 볼 때, 그 모습이 꼭 깊숙이 숨겨 두었던 너에 대한 마음을 꺼내러 내려가는 나와 닮아 있다. 널 다시 떠올려봤자 나에게 좋을 것이 하나도 없다는 것을 알면서도 또다시 과거의 너에게로 향하는 기억의 기차에 올라탄다.

    나마저도 용납하지 못할 그리움. 그 마음을 달랠 수 있는 것은 언제나 내 마음을 알아주는 누군가의 노래 가사이다. 귓속을 타고 흘러드는 그 선율에는 참 감사하게도 나와 비슷한 노래 가사들이 넘실거린다. 더 그래도 된다며, 더욱더 격렬하게 너를 그리워해도 된다는 것처럼 나를 독

려하는 것 같다. 그러다 어느새 그런 나를 용납하고 만다. 매혹적인 것에 결국 두 손 두 발 들게 되는 것처럼 너를 향한 그리움은 꽤 매력적이다. 그래, 그냥 인정하고 그리워하자. 이럴 바엔 내리는 비처럼 너를 향한 감정 위로 흠뻑 물을 주어 키워보자. 어차피 이 영화의 주인공은 결국 나뿐이고, 이 감정을 이어갈 다른 사람을 찾지 못한 이상 그 상대 배우는 여전히 너일 테니까.

센치하다는 마음이 바로 이런 마음이지 않을까.

지금 그 사람은 내가 좋아했던 그 사람이 아니야

누군가와 끊어져야 하는 이별을 마주할 때, 가장 괴롭히는 생각이 있었다. 그 사람은 이미 나를 놓았는데 나는 자꾸만 뒤돌아보게 되고 그의 옷자락을 놓치지 않으려고 어떻게든 애를 쓰게 만드는 생각이. 그건 '이제는 이 사람 없으면 못 살 것 같아' 하는 생각과 또 '이런 사람을 다시는 못 만날 것 같아' 하는 생각이었다.

나는 워낙 누군가를 좋아하려면 내 마음을 주기 전까지 많이 재고 또 재는 사람인지라, 누군가 내 마음에 들어왔다면 그 사람은 누가 보기에도 괜찮다는 생각을 갖게 하는 사람이었다. 그래서인지 내 주변 사람들도 입을 모아 칭찬을 하고 그에 대한 수식어가 '네가 좋아할 만한 사람, 그렇게 빠질 만한 사람'인 경우가 많았다. 그렇기에 그런 이들과 끝날 때마다 참 많은 새벽을 울며 지새웠던 것 같다.

　누구나 다 그렇겠지만 꼭 이별의 첫 시작은 좋았던 순간만이 계속해서 떠오르는 것이다. 그가 날 향해 웃어주던 미소, 다정스럽게 바라보던 눈빛, 마치 조심스러운 물건을 다루듯 날 아껴주고 챙겨주던 행동들. 매일 아침 약속한 것처럼 도착해 있던 메시지, 답장을 하면 기다렸다는 듯 곧바로 걸려 오던 전화, 수시로 울려대던 핸드폰. 그 모든 것들이 떠올라 내 앞을 가로막고 잠들지 못하게 발목을 잡는다. 그럼 이리 뒤척, 저리 뒤척이다 결국 뜬 눈으로 밤을 새기도 한다.

　좋았던 순간을 곱씹으면 곱씹을수록 그 추억들은 내게 속삭인다. '너 정말 그 사람 없이 살 수 있느냐'라고. '그 사람처럼 너에게 잘해주는 사람을 네가 또 만날 수 있겠냐'라고. 그러면 나는 세상이 무너질 듯 두려워진다. 이미 그 사람은 나를 놓았고, 다시는 내게로 돌아오지 않을 것 같은데 나는 그 사람이 없으면 마치 살아갈 수 없는 사람이 된 것처럼 불안해진다. 대체 그 사람을 만나기 이전의 나는 잠들기 전에 무엇을 했고, 주말엔 무엇을 했고, 친구들과 만나서 무슨 얘기를 했는지조차 잊어버린다. 가슴에 구멍이 뚫렸다는 말이 이해될 정도로 허한 일상을 보낸다. 눈을 돌리는 것마다 그 사람과 관련된 것들이 눈에 들어온다. 그가 맛있다고 했던 것, 자주 듣던 음악, 그의 컬러링, 함께 가보고 싶다고 했던 여행지 등 그 사람과 한 번이라도 대화했던 모든 것들이 이제서야 눈에 꽂혀 들어온다. 그리고선 그가 좋아한다고 했던 모든 것들이 떠오르다가 이내 자기가 좋아하는 것들 중 내가 가장 최고라며 배시시 웃던 그 얼굴이 계속 아른거렸다. 그럼 이제 내 세상은 며칠, 몇 주, 아니 몇 달간 한숨 지옥이 펼쳐진다. 널 다시 만나고 싶다는 생각과 어떻게 하면 그 마음을 돌릴 수 있을까 하는 생각만 가득하다. 또, 네 마음은 생각지도 않고서 우연을 가장한 너와의 재회 계획들을 세워보기도 한다. 그러면서 여전히 너를 놓지 못해 한숨만 푹푹 쉬게 된다.

그럴 때마다 느꼈던 것은 이별이라는 게 단순히 내 마음만 상처 입고 끝나는 게 아니라는 것이다. 그 사람을 생각하다 밤을 새우고 잠에 들지 못하니 아침이 오는 게 너무나 두렵다. 차라리 밤이나 새벽은 내 마음처럼 깜깜해서 나의 슬픔과 괴로움을 조금은 덮어주는 것 같은데, 아침엔 내 마음과 달리 너무나 눈이 부셔 내 황폐해진 마음이 온 천하에 공개가 되는 느낌이다. 또한 잠에 들지 못하는 시간이 길어지면 길어질수록 점차 몸도 아프고 피곤해지니 자주 감기에 걸리게 되기도 한다. 그러다 보면 해야 할 일에도 집중하지 못하고 서러운 일들만 늘어간다.

그렇게 쓰린 이별을 마무리할 때쯤, 그제야 알게 되는 게 있다. 정말 시간이 약이라는 것. 그 흔하디흔하고 뻔하디뻔한 문장 한 줄이 정말로 맞다는 것을 깨닫게 된다. 뜬눈으로 지새웠던 새벽 시간이 나에게 알려 준 교훈은 '지금의 그 사람은 네가 사랑했던 그 사람이 아니야'라는 것이다. 더 이상 내게 마음이 남아 있지 않아 차가워진 그 사람의 마음을 억지로 끌어당긴다고 하더라도 예전의 우리로 돌아갈 수 없다. 이제는 세상 차가운 너의 표정과 말투를 나는 사랑할 수 없다. 내가 사랑한 것은 나에게 마음이 남아 있지 않은 지금의 네가 아니라, 나를 있는 힘껏 사랑스러워해 준 그때의 너니까. 그런 사실을 깨달으며 점차 그 사람 없이도 살아갈 수 있다는 마음을 되찾는다. 그 사람 없이 살았던 나의 원래 일상을 되찾는다. 어느새 네가 없이도 자주 웃고, 너의 연락이 없어도 그 시간에 친구와 연락을 하고, 네가 좋아했던 무언가를 보아도 점점 감흥이 없어진다. 그리고 나에게 너를 잊게 되었다는 이별의 마지막 신호는 바로 네가 아닌 다른 누군가가 눈에 들어오기 시작한다는 것이다. 너보다 더 재미있는 누군가, 너보다 더 해사한 미소를 가진 누군가, 너보다 더 다정한 누군가가 내 마음을 조금씩 두드리기 시작한다. 너 같은 사람을 다시는 못 만날 것 같아 두려웠던 내가, 너보다 훨씬 더 좋은 누군가가 세상에 많다는 것을 깨닫는 그 순간이 바로 너에게서 해방되는 순간이다.

날 향해 웃는 누군가의 미소가 해사해 보이기 시작할 때,

그 때가 너에게서 해방되는 순간이다.

빛바래도 아름다운 사랑

사랑이 끝난 뒤엔 마음속에 오래 방치되어 빛바래곤 하지. 그래서 서로의 마음이 퇴색되고 그 자리에 상처만 남아 그저 미워지곤 해. 그런데 신기하게도 너만은 여전히 깊이 알 수 있었다는 것에 감사할 수 있었어. 끝이 났음에도 여전히 그대로 밉지 않은 사람, 널 알게 되고 만났던 것에 전혀 후회되지 않는 사람.

그게 너를 다른 이보다 덜 사랑해서 그렇다거나, 너에게 상처받지 않아서 그렇다는 건 아니야. 또, 네가 다시 나에게로 돌아왔으면 좋겠다는 마음도 아니야. 그저 방치된 지 오래되어 빛이 많이 바랬고, 가끔씩 들여다볼 때마다 먼지가 뽀얗게 쌓여서 후 하고 불어서 털어내야 하지만 그럼에도 두고두고 꺼내어 보고 싶은 애틋한 마음이랄까.

내 마음에 와줘서 고마웠어.

지금의 너조차도 잘 모르는 그때의 눈부셨던 너를

소중히 내 마음에 보관해 둘게.

사랑

이 세상 그 어떤 단어를 갖다 놓아도 아마 사랑이라는 단어 하나를 이 길 순 없을 것 같다. 예를 들어 애증이라는 단어가 가리키고 있는 것만 봐 도, 어떤 것을 미워하면서도 마음 바닥엔 사랑이라는 게 깔려 있는 감정 이 있다. 어떻게 그런 모순이 있을까 싶을 정도로 모든 감정을 에둘러 덮 을 수 있는 가장 폭넓은 감정이 사랑이 아닐까 하고 생각한다.

사랑하는 사람을 위해 절대 변할 수 없을 것 같던 고집이 꺾이기 시작 하고, 사랑하는 사람을 지키기 위해 우유부단하던 사람도 철옹성 같은 사람으로 변할 수 있다. 그 대상에 따라 그 사랑이 우정이나 존경심 같은 감정으로 표현될 수도 있지만, 앞에서 말했다시피 그 모든 감정을 에둘 러 덮어 표현할 수 있는 것이 사랑인 것 같다.

어릴 적엔 '사랑'이라는 이름을 가진 아이들이 부러웠다. 저 아이들은 세상을 살아가며 누군가 자신을 부를 때마다 그 엄청난 단어로 지칭되는구나 싶어서. 사람은 이름대로 살아가는 경우가 많다던데, 저 아이들은 그 이름대로 정말 사랑스러운 인생을 살아갈 것만 같아서 말이다.

세상 어느 단어보다 진부하게 느껴지기도 하고, 지루하고 흔하게 느껴지기도 하지만, 어쩌면 우리의 삶에서 가장 광범위하고 무겁기도 하며 때로는 깃털처럼 가볍게 우리의 일상 위로 쏟아져 내리는 단어이기에 우리는 그 단어의 끄트머리를 잡은 채 살아가는 것이 아닐까. 내 삶의 방향을 유일하게 바꿀 수 있는 단 하나의 존재인 사랑을 붙잡고서 살고 있는 것이 아닐까.

사랑이라는 말은 어떻게 지어졌을까.
말 그대로 참 사랑스러운 발음의 단어이다.

내 것일 운명

　초등학생 때, 지우개를 자주 잃어버리곤 했다. 지우개는 바닥에 떨어뜨려도 소리가 잘 나지 않기 때문에, 언제 어디서 잃어버렸는지 알 수도 없다. 필통 속에 있다가 어느 순간 갑자기 사라져 버리곤 했다. 작은 것은 삼백 원, 중간 것은 오백 원 정도밖에 하지 않던 것이었지만 잃어버리면 괜히 또 그 작은 존재가 크게 느껴지는 것만 같아 속상한 게 그것이었다. 또 평소엔 그다지 필요도 없던 것이 잃어버린 후에는 뭘 자꾸 그리 잘못 쓰게 되는지 계속해서 지우개의 필요성을 느끼게 되고, 덕분에 샤프 뒤에 딸린 아주 작은 지우개만 혹사당하곤 했다.

　그런데 가끔은 그 잃어버렸던 지우개가 내게로 알아서 돌아오기도 했다. 며칠 동안 아무리 교실 바닥을 뚫어져라 쳐다보며 걸어 다녀도 찾지 못했던 지우개가 때로는 내 책상다리 근처에서 발견되기도 하고, 뒷자리에 앉은 아이가 바닥에서 주웠다고 혹시 네 것 아니냐며 건네어 주기도 하고, 빼꼼 열려 있던 가방 속으로 떨어졌던 건지 가방의 깊숙한 바닥에서 발견되기도 했다. 그렇게 갑자기 잃어버렸던 지우개 중 몇몇 지우개들은 아무렇지 않은 듯 내게로 돌아와 그것이 다 닳아 아주 작아질 때까지 쓰기도 했다.

그러나 어떠한 물건들은 아주 조심하고 또 조심해도 내 것이 아니었던 것처럼 사라졌다. 분명히 조심히 쓴다고 했는데 대체 어디로 사라진 건지 알 수도 없고, 가끔은 주머니 속에 넣어 놓고 다녔음에도 어느새 주머니 속을 빠져나와 없어졌다. 소중히 여기면 여길수록 사라지는 것들이 있었다. 예를 들면 엄마가 처음으로 사 주셨던 분홍색 무릎 담요가 그랬다. 분명 소중히 개서 내 품속에 가지런히 안은 채 친구와 정신없이 수다를 떨며 하교했는데, 집으로 들어가 정신을 차려보니 내 품속에 있어야 할 담요는 보이지 않았다. 그 길로 바로 뛰어나가 다시 학교까지 걸어가며 왔던 길을 꼼꼼히 다 찾아봐도 그새 누가 가져가 버린 것인지 어디에서도 그 담요는 찾을 수가 없었다. 산 지 이틀도 채 되지 않은, 내 첫 담요였기에 그 속상함은 이루 말할 수가 없었다. 엄마는 얼마 하지도 않는 거라며 괜찮다고 했지만 나는 그 속상함에 눈물을 찔끔 흘리기도 했다. 그리고 그 뒤에 엄마는 무릎이 아니라, 온 어깨를 다 덮을 수 있을 정도의 아주 큼직한 담요를 사 주셨다. 예쁜 분홍색의 디즈니 캐릭터들이 그려진 커다란 담요를. 그 담요는 전의 것보다 크기가 훨씬 크니 종종 다른 친구들과 함께 덮고 있기도 했고, 반 아이들 모두가 늘 내가 그 담요를 덮고 있는 것을 봤으니 내 것이라고 쉽게 기억했다. 그래서 가끔 어딘가에 흘리고 와도 당연하다는 듯 반 아이 중 누군가의 손에 들려 내게 돌아오곤 했다. 꼭 마치 나와 연결되어 있는 것처럼 내 것이라고 이름을 적어 둔 것도 아니었음에도 어련히 알아서 나에게 돌아왔다. 그렇게 그 담요는 고등학교 3년 내내 나를 따뜻하게 덮어주었다.

이외에도 분명 음식점에서 마지막으로 계산을 하고 나와 그곳에서 잃어버린 것 같은 지갑은 곧바로 찾으러 가도 그 자리에 없었고, 버스 어딘가에 흘리고 내려서 당장 잃어버려도 이상하지 않을 것 같은 지갑은 버스 기사님께 보관되어 며칠 뒤 소중히 내게 돌아왔다. 이런 경우를 여러 번 겪었더니 무엇을 잃어버렸을 때면 '이게 내 것이 될 운명이라면 어떻게 해서든 다시 내게로 돌아오고, 아니라면 억지로 찾아도 결국 다시 나를 떠나갈 것이다'라는 생각을 하게 된다.

나는 운명이라는 게 달리 사람에게만 적용되는 것은 아니라고 생각한다. 사물이든, 노래 가사든, 마음을 울리는 시든 내 것이 되고 내게 어떠한 영향을 주어 내게 쭉 남아있을 것이라면 어떻게든 돌고 돌아 내게로 온다. 지금 이 글이 당신의 눈에 읽히는 것 또한 그렇다고 생각한다. 당신과 이 글이 운명이 아니라면 읽어도 쓱 스쳐 지나갈 몇 문단의 글일 뿐이고, 당신과 운명이라면 당신의 속으로 타고 흘러 들어가 어떠한 생각과 느낌을 오래 남길 테니까. 그리고 나는 당신에게 소중히 느껴지는 무언가들이 다 당신의 것일 운명이기를 하고 소망할 뿐이다.

내가 보내는 위로들만은 꼭 필요한 누군가에게 꼭 닿길 바란다.

아무 힘도 낼 수 없는 당신의 곁에 다가가

한 다발의 위로를 건네어 줄 수 있다면,

그것만으로도 내가 밤을 새워 글을 쓸 이유가 충분하니까.

좋아하는 것들에 기대어

　나는 한강 중독자다. 내게 있어 한강은 잠시 좋지 않은 기억을 잊게 해 주는 효과가 있다. 그래서 나는 아주 자주 한강을 찾고, 혼자 한강에 있는 시간을 사랑해 한강에 중독되었다. 그러다 최근엔 내가 한강에서 특히 많은 위로를 받는 이유를 깨달았다. 그전까지는 단순히 한강 특유의 분위기가 좋고, 강물에 빛이 닿아 반짝거리는 윤슬을 보는 것도 좋고, 눈 앞을 가리는 건물 없이 탁 트인 하늘을 볼 때 시원함을 느끼고, 제각각 매력을 갖고 있는 대교들을 보는 것도 좋아서 그런 줄만 알았다. 물론 그런 이유들도 있지만 그보다 조금 더 개인적인 이유가 있다는 것을 최근에서야 알게 되었다.

　한강은 특유의 여유로운 분위기가 있다. 한강 공원에 앉아 있으면 마치 세상에서 가장 여유로운 사람이 된 것만 같다. 가만히 잔디밭에 앉아서 탁 트인 풍경을 바라보고, 좋아하는 사람들과 이야기를 나누며 웃고, 흘러가는 강물을 바라보는 그 순간들이 참 여유롭다. 또한 나만 그런 게 아니라 다른 사람들도 한강에서는 누구나 다 여유로워 보이니, 그 분위기에 휩쓸려 더 마음을 푹 놓게 된다. 가득 담고 있던 걱정과 고민거리는 여전히 해결되지 않았지만, 탁 트인 하늘과 강물의 반짝임, 황홀할 만큼 아름다운 노을과 달을 바라보며 잠시 그 고민들과 거리를 두는 것이다. 그러면 지금까지 아등바등했던 모든 걱정들을 잠시 내려놓아도 되는 듯한 기분이 든다. 내가 그 고민거리들을 하루 종일 껴안은 채 몇 주, 몇 달이나 살아왔고 그것을 해결하지 못하면 세상이 무너질 것만 같이 불안했지만, 사실은 전혀 그렇지 않다는 것을 깨닫는다. 그러면서 '스스로에게 너무 큰 짐을 지게 했구나' 하는 생각을 하게 된다.

가끔은 나 혼자만 이런 게 아닌 것을 느낄 때 다행스러움을 느낄 때가 있다. 마치 그런 감정이다. 어렸을 적 학교에서 깜빡 잊고 숙제를 해 오지 못했는데 선생님이 숙제를 해오지 않은 사람들만 일어서게 하거나 벌을 줄 때. 그럴 때 나 혼자만 서 있는 게 아니라 다른 아이도 함께해 오지 않았다면 조금은 다행스러움을 느끼는 그런 마음. 또, 사람이 북적북적한 식당에 혼자 밥을 먹으러 들어가 머쓱함을 느낄 때 다른 테이블에 나 말고도 혼자 밥을 먹는 사람이 있다면 그때부터는 당당하게 먹을 수 있는 그런 마음. 아마 이런 마음을 동질감이라고 부르는 거겠지.

　이처럼 한강에 혼자 앉아 있다 보면 나처럼 혼자 우두커니 앉아 흘러내려가는 강물을 하염없이 바라보는 사람들을 보게 된다. 귀에 꽂아 넣은 이어폰엔 어떤 노래가 흐르는지 모르지만, 지나치는 사람들에겐 눈길조차 주지 않은 채 아주 깊은 사색에 잠겨 있는 사람들을. 그럴 때마다 여러 생각이 든다. '저분은 어떤 생각을 하느라 여기까지 찾아와 앉아 있을까? 나처럼 위로를 받으러 온 걸까, 아니면 생각을 정리하러 온 걸까? 그 생각이 무슨 생각인지는 모르겠지만 부디 그리 어둡지 않은 생각이었으면 좋겠다' 등. 그런 생각을 하며 왠지 혼자 한강을 찾은 사람이 나만 있는 것은 아닌 것 같아 다행스럽게 느껴지기도 한다. 또, 나는 한강에 혼자 가면 웬만하면 계속 귀에 이어폰을 꽂은 채 좋아하는 노래들을 들으며 사색에 잠기는데 가끔은 가지고 온 무선 이어폰의 배터리가 다 닳아 어쩔 수 없이 주변의 소리를 듣게 될 때가 있다. 그러면 주변 사람들의 이야기들이 원치 않아도 들려온다. 정확히 어떤 사연인지는 모르겠지만 사랑 이야기, 이별 이야기, 직장 이야기, 친구나 가족 이야기 등 많은 이야기들이 오가는 것을 느낀다. 또 아주 가끔은 그렇게 이야기를 나누다가 눈물을 흘리는 사람도 보게 된다. 참 이기적일지도 모르지만, 그런 수많은 이야기들을 들을 때 나는 자그마한 동질감을 느끼게 된다. '나만 빼고서 다들 잘 나가고 다들 행복해 보이길래 나 혼자 아등바등 사는 줄 알았는데 사실 그것도 아니었구나' 하는 마음에 말이다.

그런 이야기를 들은 적이 있다. 불안함에 휩싸여서 스스로에게 '불안하지 말자!' 하고 되뇌면 오히려 그 불안함에 더 초점이 맞춰져서 그 속으로 파고들게 된다고. 차라리 그 불안함을 잊어버릴 수 있게 다른 것들을 찾아 집중하는 것이 효과적이라는 말을 들었다. 그것처럼 우리는 우리가 하는 고민들을 계속해서 되뇌며 그 걱정 속으로 더 파고들게 되는지도 모른다. 그러다 결국 그 불안함에게 내 생각의 핸들을 내어주게 된다. 사실과 다르게 더욱 과한 불안함을 느끼니 마치 내 인생이 끝났다고 여기거나, 다른 사람들은 다 잘나가고 행복해 보이는데 나만 불행해서 이런 고민들을 껴안고 살아간다고 느끼는 것이다. 그러나 조금만 고개를 돌려보면 그렇지 않다는 것을 알 수 있다. 똑같이 인생의 숙제를 끝내지 못한 사람들이 여기저기서 나와 비슷한 고민을 가지고 살아간다. 그러니 혹시 이 글을 읽고 있는 사람 중, 내 인생이 끝났다고 생각해 벼랑 끝에 서 있는 것 같은 사람에게 말하고 싶다. 나 또한 그런 고민을 안고 살아가고 있다고. 당신 혼자만 그런 것이 아니니 나에게 자그마한 동질감이라도 느껴서 조금은 안심해도 괜찮다고. 그렇게 죽을 것만 같다가도 언젠간 또 괜찮아지고 그러다가 또 힘든 순간도 오고 그렇다고. 그러니까 만약 그런 마음이 들면 잠시 고민에서 거리를 둘 시간을 가져보라고 말이다. 마치 내가 한강을 찾아가 강물이나 노을 같은 풍경에 집중해 그 걱정들과 잠시 거리를 두는 것처럼 말이다. 가끔은 스스로에게 '고민하지 말자!' 하고 되뇌는 것보다, 그 고민을 잠시 잊게 해 줄 수 있는 것들에 기대어 보는 것이 효과적이다. 내가 좋아하는 것들, 내가 사랑하는 것들에 기대어 머리 위로 수없이 쏟아지는 걱정을 잠시나마 미뤄보자.

당신이 좋아하는 것들이 탄생하고 지금까지 존재하는 이유는
힘들고 불안할 때 당신을 붙잡아 주기 위해서일 테다.

마음껏 의미를 부여해도 괜찮아

눈에 보이지 않는 것들에 더 집중하는 삶을 살아왔다. 그건 대개 감정적인 것들이었다. 사랑, 슬픔, 우울, 그리움, 행복 등 눈에 실제로 보이는 것들은 아니지만 모두가 실제로 존재하는 감정이라 믿어 의심치 않는 그런 것들에 많은 것들을 의지하며 살았다. 또 꿈, 이상, 비전, 취향, 인연, 운명 등 역시나 눈에 보이지 않는 그러한 것들에도 많은 기대를 걸고 살았다. 오히려 눈에 보이지 않는다는 것이 내게는 더 매력적으로 다가왔다. 눈에 보이진 않지만 대부분의 사람들이 경험하니 존재하는 것을 의심하지 않고, 되려 그런 것들을 더 추구하고 좇으며 살아가고 있으니까.

그런데 어느 순간부터 꿈이나 이상, 비전과 같은 것들에 기대어 살았던 지난날들을 의심하게 되었다. 언젠간 내게도 이뤄질 거야, 아직 오지 않았지만 언젠간 내게도 그런 멋진 날들이 찾아올 거야 하며 참고 버텼던 날들이 모두 소용없는 것처럼 느껴졌다. 아무리 기다리고 기다려도, 아무리 버티고 버텨도 꿈꾸던 그날들은 올 생각이 없어 보였고 내 상황 또한 전혀 바뀌지 않을 것 같았다. 그러다 보니 지금껏 기다리고 참았던 모든 이유와 명분들이 그저 나 혼자 착각한 의미 부여일 뿐이라 생각하게 되었다. 사실 그 꿈과 이상들이 그렇게 좋고 행복한 일도 아닌데, 괜히 내가 의미를 잔뜩 부여해서 그 일을 이뤄내야만 할 특별한 이유와 명분들을 만든 것은 아닐까. 누군가를 좋아하게 된 것이 그저 우연일 뿐인데 그 글자를 뜯어고쳐서 억지로 운명이라 바꾸려 했던 건 아닐까. 그 모든 것들이 이루어지지 않을 이유만 잔뜩 있는 이 현실을 스스로 받아들일 수가 없어서 눈을 감고 귀를 막은 채 떼를 쓰고 있던 건 아닐까 하고.

그런 생각들이 점점 내게 찾아올 무렵 MBTI 정식 검사를 하게 되었고 그 결과지에서도 이런 문장을 보게 되었다. '당신은 일이나 인간관계에서 가볍고 무의미한 것보다는 뭔가 의미를 찾을 수 있는 것을 선호합니다. 사람들과의 관계에서도 의미를 추구합니다.' 나는 그 문장을 읽고 뜨끔하여 인정할 수밖에 없었다. 지금껏 내가 생각했던 것들은 다 스스로 의미를 부여한 것이라는 걸. 실은 따지고 보면 별일이 아닌데 나 스스로 의미를 부여하고 특별하다 생각했다고 말이다. 그 후 나는 지금껏 중요하다고 생각했던 것들의 의미를 스스로 별것 아니라며 퇴색시키기 시작했다. 그리고 조금 신기하거나 특별하고 좋은 일이 생겨 들뜨려 할 때도 '누구한테나 일어날 수 있는 일이고 별일 아니니 괜히 혼자 착각하고 의미 부여하지 말자'라고 생각하며 단 한 톨의 특별함도 느끼지 못하게 원천 차단을 하려 노력했다.

그렇게 혼자 의미 부여와 고군분투를 하고 있을 때, 그런 내가 안쓰러워 보였는지 누군가 내게 그랬다. 원래 이 세상은 모두 의미 부여로 돌아가는 세상이라고. 너 혼자만 착각하고 있는 게 아니라 우리 모두 의미 부여로 세상을 살아가고 있는 거라고. 예를 들면 생일이나 기념일들도 타인에겐 아무런 의미 없는 똑같은 하루이지만 그것에 의미 부여를 해 놓으니, 누군가에겐 그 하루가 아주 특별한 날이 되는 것 아니냐고. 더 크게 보면 내가 사랑하는 사람도 다른 사람이 보기엔 의미가 없으니 그저 타인일 뿐이지만 그 사람을 좋아하게 된 이유와 추억, 명분이 있는 나에겐 사랑하는 사람이라는 특별한 의미를 부여해서 사랑에 빠지는 것 아니겠냐고 말이다. 그 말들은 내게 충격으로 다가왔다. 정말 그랬다. 세상의 많은 것들이 누군가가 의미를 부여했기에 특별해진 것들이었다. 그 모든 것의 의미를 퇴색시켜 놓으면 이 세상의 많은 것들이 이유와 명분을 잃어버리겠지.

난 마블 영화를 아주 좋아한다. 그리고 그 중 닥터 스트레인지라는 히어로를 좋아한다. 그 이유는 닥터 스트레인지가 마블의 다른 히어로들과는 조금 다른 방식으로 히어로가 되었기 때문이다. 그전까지 보았던 마블 영화 속 지구의 히어로들은 과학적인 것들로 인해 히어로가 되었다. 실험, 연구, 방사능, 양자역학 등 과학적인 방식으로 히어로가 된 케이스가 많았다. 그런데 닥터 스트레인지는 정신, 믿음, 마법, 영혼처럼 눈에 보이지 않고 조금은 비과학적인 것들로 히어로가 되었다. 심지어 그 주인공은 히어로가 되기 전엔 누구보다 눈에 보이지 않는 것들을 믿지 않는 과학적인 의사였기 때문에 그의 변화가 더 체감적으로 느껴지기도 한다. 변화되기 전의 스트레인지는 자신의 망가진 손을 고칠 방법으로 믿음과 마법, 정신 수련과 같이 비과학적인 것들로 말하는 스승 에인션트 원을 경멸하는 표정으로 본다. 그리곤 곧바로 '영혼 같은 건 실제로 없고 사람의 몸은 물질로 이루어져 있으며 이 우주에 잠시 존재하는 티끌에 불과하다'라고 말한다. 당신들이 말한 모든 것들은 실제로 존재하지도 않는데 그저 당신들이 실제로 존재한다고 의미 부여한 것들일 뿐이라고 말하는 것이다.

나는 그 장면을 떠올리며 나에게 특별했던 모든 것들의 의미를 퇴색시키는 것이 '사람의 몸은 물질로만 이루어져 있다'라며 차갑게 말하는 스트레인지처럼 되고 있는 것은 아닌가 하고 생각했다. 그러나 그의 스승인 에인션트 원은 그에게 이렇게 말한다. '넌 작은 틈새로 세상을 보면서 더 많은 것을 배우려고 발버둥 쳐 왔지. 근데 네가 상상도 못 한 방법을 통해 그 틈새를 넓힐 수 있다는 것을 믿지 않는군. 세상을 다 안다고 생각하지? 세상이 물질로만 이루어져 있다고? 이 광활한 멀티버스에서 넌 누구일까?' 이 말이 꼭 내게 하는 말 같이 느껴졌다. 스트레인지의 차가운 말이 과학적으론 사실일지도 모르지만, 이 세상은 그 '과학적인 사실'만으로 돌아가진 않는다. 앞에서 말했다시피 그것이 사실이 아닐지라도 누군가 잔뜩 의미를 부여해 특별해진 것들이 아주 많다. 에인션트 원은 과학적인 사실이 아닌 것들은 모두 틀렸다며 부정하려 드는 스트레인지의 눈을 뜨게 해 주려 했다. 그 장면은 마치 특별하게 느껴졌던 모든 것들이 사실은 의미 없었다며 다 내던지려 했던 내게 '네가 정말 세상을 다 안다고 생각하니? 그 모든 것들이 정말 의미가 없다고 생각하니?' 하고 말하는 것 같았다. 주인공 스트레인지와는 반대로 넓힌 틈새를 다시 좁히려고 발버둥 쳤던 나를 발견하게 된 것이다. 그리고 이내 생각했다. 내게 특별한 모든 것들이 그저 나 혼자 의미 부여를 한 것이라고 해도, 심지어 자기 합리화를 한 것뿐이라고 해도 이젠 상관없다고. 이 모든 세상도 누군가가 부여한 의미들로 가득 찬 채 돌아가고 있다고 말이다.

만일 누군가가 자신은 현실적인 사람이라며,
당신이 갖고 있는 이상과 꿈을 합리화라며
짓밟으려 한다면 이렇게 생각하며 넘기자.

넌 작은 틈새로 세상을 보면서
모든 것을 다 안다고 생각하는 우물 안 개구리일 뿐이라고.

용기를 잃어버렸다면

요즘은 자주 용기를 분실한다. 누가 나에게 뭐라고 한 것도 아니고, 딱히 나쁜 일이 일어난 것도 아닌데 자꾸만 스스로에게 의심이 든다. 지금까지 열심히 해왔다고 생각했는데, 애써 쌓아 온 자존감들이 무너지는 것 같다. 그래서 자꾸만 가슴 근처가 꽉 막힌 듯한 기분에 한숨을 절로 내쉬게 되고, 그런 불안함은 주변 사람들마저 내가 불안하다는 것을 말하지 않아도 알아차리게 한다.

가장 지치는 순간이 언제냐는 질문을 받은 적 있다. 그 질문에 '아무리 달려도 제자리인 것 같을 때'라고 대답을 했는데, 바로 지금이 그 순간이지 않나 싶다. 조금씩 앞으로 전진해 온 것은 맞는데, 도통 목적지는 보이질 않는다. 그건 마치 걸어도 걸어도 도달할 수 없는 무지개를 목적지로

삼은 느낌이랄까. 발이 부르트도록 걷고 있고 조금씩 앞으로 나아가는 것
도 맞는데 여전히 그 목표에 닿을 수 없다는 사실에 계속 제자리걸음만
하는 중인 것 같다.

그렇게 몇 날 며칠을 밤만 되면 훌쩍거리다가, 문득 내가 아주 예전에
쓴 글이 떠올랐다. 달리기를 하면 결승선 근처가 가장 지치고 힘든 순간
이 아닐까 하는 생각에 쓴 글이었다. 오래달리기를 해도 마지막 한 바퀴가
그렇게 지치고 힘이 드는 것처럼, 이렇게 주체할 수 없을 정도로 힘이 든
다는 건 어쩌면 결승선에 도달하기 전 마지막 바퀴를 뛰고 있는 게 아닐
까 하는 생각이 들었다. 새벽 시간 중 가장 추운 순간은 해가 떠오르기 직
전이라는 말이 있듯이, 지금 내가 춥고 지치고 힘이 드는 순간을 맞이했다
는 것은 막판 스퍼트를 내야 하는, 마지막 구간을 지나는 중이라 그렇지
않을까 하는 생각이 들었다. 그래서 이리도 힘이 드는 것은 결승선의 마지
막 구간을 뛰고 있는 중이라서 그렇다고 스스로에게 위로를 주려 한다.

누가 그랬어

하루를 보내는 동안 원치 않던 사람들에게 치여 고단한 마음으로 집에 돌아가는 때에, 느닷없이 네가 거리에서 우연히 나를 발견했으면 좋겠다. 터덜터덜 혼자 걸어가는 나를 발견 하고서는 장난스러운 마음으로 몰래 나를 놀라게 하려 쫓아왔으면 좋겠다. 그러다가 이내 날 부르기 위해 붙잡은 어깨가 축 늘어져 있고 돌아본 내 얼굴엔 우울함이 드리워져 있어 곧바로 네가 걱정스러운 표정을 지어줬으면 좋겠다. 그리고 그때의 네 입에서는 "누가 그랬어?"라는 말이 나왔으면 좋겠다.

어렸을 때부터 풍선처럼 부풀어 오른 서운한 마음을 애써 꾹꾹 억누르고 있을 때, 그 마음을 톡 찔러 결국 참았던 눈물을 쏟아내게 하는 말이 있었다. 마치 곪아 버린 염증을 터트려 고름을 빼내듯, 좋지 않은 감정들을 그 눈물에 모조리 녹여 쏟아내게 하는 말. 그 말이 바로 "누가 그랬어?"라는 말이다. 친구와 공연히 다툼이 벌어져 속상한 마음으로 집에 돌아왔을 때나, 뜻하지 않게 누군가가 나를 억울하게 만들었을 때, 심지어 내가 나를 자책하고 있을 때도 그 말은 내 눈물샘을 터뜨리는 폭격탄이 된다. 그리고 그 뒤엔 꼭 자석처럼 붙는 말이 있다. "누가 그랬어, 누가? 아주 그냥 내가 혼쭐을 내줘야지, 안 되겠네!" 하는 말. 그 말은 마치 내가 무엇을 하든 꼭 내 편이 되어 줄 것만 같이 느껴진다. 네 탓이 아니라고 넌 잘못 없다고 해주는 것 같은 그 말, 자신이 모든 총대를 메고서 나를 괴롭히는 것을 대신 응징해 줄 것처럼 하는 말에 아주 많은 위로를 얻곤 한다. 참 우습기도 하고 유치하기도 하고, 실제로는 그렇게 해주지 못할 것도 알지만 그 몇 마디 말에 그 사람은 나의 편이 되어 줄 것 같아서 푹 안심하게 되고 만다.

그래서 지금 이 글을 읽고 있는 사람에게도 그런 말이 필요하다면, 이런 나의 자그마한 위로라도 괜찮다면 해주고 싶다. "누가 그렇게 힘들게 했어요? 누가 울렸어요? 그 사람 아주 이상한 사람이네. 이렇게 멋진 사람을 알아보지도 못하고 울리는 바보네. 아주 그냥 내가 혼쭐을 내줘야겠어." 하고서.

가끔은 그 말의 표면적인 의미보다
그 사람이 그 말을 건넨 본질적인 의미에 더 감동하게 될 때가 있다.

마음의 초인종 소리

인생은 선택의 연속이란 말이 있다. 그리고 그 선택은 오롯이 나의 책임이다. 그 누구도 내 인생을 대신 살아주지 않는다. 어쩌면 어른의 인생이 쓰디쓰고, 인생에 외로움이 늘 동반하는 이유는 그것 때문이지 않을까. 누구도 내 인생을 대신 살아주지 않으며, 내 결정의 책임을 져주지 않기 때문에 때때로 인생은 지독히도 고독한 순간을 겪게 되기 때문이다. 그래서 나에게 뒤따를 책임이 두려워 그 결론을 내리지 못하고 결단을 미루게 되는 경우도 있다. 하지만 미루는 것은 정말 그 결정의 순간을 뒤로 미룰 뿐, 결단의 시간을 피할 수 있는 것은 아니다. 인생을 살면서 꼭 해야만 하는 결단의 시간은 오히려 외면하고 외면할수록 나를 절벽으로 몰아세운다.

하인리히 법칙에 따르면 큰 사고가 일어나기 전에는 무수히 많은 경미한 사고와 징후들이 따른다고 한다. 그 경미한 사고와 징후들을 무시하다 보면 결국 큰 사고가 일어난다는 것이니, 미리 예방해야 한다는 것. 그것은 큰 사고뿐만 아니라 우리가 삶을 살면서 내려야 할 큰 결단에도 적용된다. 큰 결단을 해야 하지만 그것에 뒤따를 책임과 불투명한 미래가 걱정되어 외면하고만 있으면 아무것도 해결되지 않는다. 자꾸만 내 삶이 팍팍해지는 것 같고 자그마한 일에도 괴로워 미칠 것만 같고, 늘 같은 일상이 답답해 견딜 수 없을 것만 같다면 그것은 내가 지금까지 미뤄왔던 어떤 새로운 결정을 해야 한다고 알려주는 경미한 징후들일 수 있다. 익숙했던 것에서 벗어나 불안하더라도 새로운 것을 선택해야만 한다고 알려주는 마음의 초인종 소리일 수 있다. 이제는 그 문을 열어줘야 할 때다.

사람은 누구나 자신의 때가 있다고 생각하는데,
미뤄두었던 결단을 내리는 순간이
자신의 때를 시작하는 첫걸음이 되는 경우가 많다.

누구보다 평범해지기

가끔은 내가 이렇게 아등바등 사는 것이 내 꿈을 이뤄내서 자아를 실천하는 이상적인 모습이 아니라, 누구보다 평범해지기 위해 발버둥 치는 것 같다. 어떻게든 타인이 나를 보았을 때 '나도 당신들만큼은 발맞춰 살고 있어요'라며 증명하려 하는 것 같다. 그래서 어쩔 땐 이 정도면 됐구나 하고 안주하며 살아가려고 하다가도, 조금만 느슨해지면 뒤처지는 기분에 후다닥 다시 뛰어가려고 한다. 보이지 않는 줄에 맞춰 걸어가기 위해 열심히 쫓아간다. 사실 어떻게 보면 그 줄에서 과감히 이탈할 줄도 아는 사람이 더 특별한 삶을 살고 있는 것일 수도 있는데.

그것이 우리가 자신만의 길을 가는 사람에게
존경스러움을 느끼게 되는 이유일지도.

내 기분의 실체를 찾아서

나는 여행을 좋아하면서도 좋아하지 않는다. 이게 무슨 말인가 싶기도 하지만, 정말 말 그대로 여행을 좋아하면서도 좋아하지 않는다. 여행이라는 말 자체에는 긍정적인 느낌이 있다. 또 친구들과 여행을 갈 계획만 세워도 기분이 좋아지는 것을 보면 여행 가는 것을 좋아하는 것 같다. 그러나, 나는 선천적으로 장이 별로 좋지 않은 탓에 여행을 갔다 하면 장시간 앉아서 이동하다 보니 여행 내내 뱃속이 더부룩하고 컨디션이 좋지 않다. 또, 성인이 된 지금은 좀 덜해지긴 했지만, 멀미도 잘하는 탓에 속도 안 좋고 머리도 아파서 잠도 제대로 자지 못한다. 그래서 하룻밤을 자고 나면 정말 온몸이 만신창이가 된다. 이것은 매일 살을 부대끼고 사는 가족들과 함께 여행을 떠나도 마찬가지인 것이라 여행을 좋아하면서도 마냥 좋아할 수만은 없다. 그래서 웬만하면 너무 멀리 가지 않는 국내 여행을 선호하고 여행 기간도 거의 1박 2일 정도로 짧게 잡으며, 해외도 아주 가까운 일본과 필리핀 말고는 다녀온 적이 없다.

　이따금 좋아하는 가수를 볼 때면 참 대단하다고 생각되는 부분이 있다. 앨범을 새로 내서 활동을 시작할 때는 하루에 2~3시간 정도밖에 잠을 못 잔다고 하면서도 언제나 피곤한 기색을 내지 않고 팬들에게 미소 지으며 웃어주는 그 가수를 볼 때면 참 존경스러운 생각도 든다. 또한 해외 투어를 장기간 진행해서 오랜 기간 동안 우리나라가 아닌 다른 곳에서 지내면서도 SNS에 올라온 각종 해외 콘서트 영상을 보면 흐트러짐 없는 무대를 보여주는 게 대단하다. 가끔은 정말 나와 같은 인간이 맞나 싶을 정도로 그의 체력에 감탄하게 된다. 나는 해외까지 갈 필요도 없이, 하룻밤만 우리 집이 아닌 다른 곳에서 잠을 자도 온몸이 천근만근인데 그는 한 달이 넘는 기간 동안 매번 다른 호텔에 묵으면서도 완벽에 가까운 무대를 선보이니 그게 그렇게 대단해 보일 수가 없다. 물론 그가 그만큼 체력을 중요시해 열심히 운동하는 것도 알고 있지만 그래도 나와 비교했을 때 엄청난 체력의 차이를 느낄 수 있어 인간적으로 존경심이 드는 것 같다.

　드라마 〈미생〉에는 이런 명대사가 있다. '네가 이루고 싶은 게 있다면 체력을 먼저 길러라. 네가 종종 후반에 무너지는 이유, 데미지를 입은 후에 회복이 더딘 이유, 실수한 후 복구가 더딘 이유, 다 체력의 한계 때문이야. 체력이 약하면 빨리 편안함을 찾게 되고 그러면 인내심이 떨어지고, 그 피로감을 견디지 못하면 승부 따위는 상관없는 지경에 이르지.' 이 대사는 많은 이들에게 공감을 얻으며 드라마가 끝난 지 한참 된 아직까지도 회자된다. 정말 맞는 말이다. 우리의 기분은 사실 우리의 체력에 의해 좌지우지된다고 해도 과언이 아닐 것이다. 잠을 잘 자지 못 하거나, 몸이 좀 뻐근하거나 하면 그날 하루가 통째로 기분이 좋지 않게 되니까. 그래서 사실 우리 기분의 실체는 우리의 체력과 그날의 수면시간인지도 모른다. 조금 더 나아가서는 급격한 호르몬의 변화나 배고픔을 느껴서일 수도 있다. 그러나 우리는 나의 기분의 인과관계를 잘 느끼지 못하는 경우가 많다. 그냥 내가 지금 기분이 좋지 않고 예민하다는 것에만 초점이 맞춰져서 습관처럼 자기 비하로 이어진다. '나는 또 왜 이렇게 기분이 안 좋을까', '내가 그럼 그렇지', '나는 왜 매번 이럴까' 하는 생각을 하루 종일 머릿속에 달고 있는 것이다. 사실은 그날 내가 잠을 별로 못 자서 피곤해서 그런 건데, 아니면 몸이 좋지 않아서 컨디션이 안 좋은 건데 그 생각을 하지 못하고 자꾸만 스스로를 벼랑 끝으로 몰아세운다. 더 우울해지도록, 더 기분이 안 좋아지도록 말이다.

체력을 기르는 것은 말처럼 그렇게 쉬운 일이 아니어서 나 또한 몇 년째 실천에 옮기지 못하고 있다. 그러나 하나 말하고 싶은 게 있다면 스스로의 기분의 실체를 알아차리는 것은 중요하다는 것이다. 체력을 길러야 하는 것도 중요하겠지만 그것은 장기간에 걸쳐서 해야 하는 것이고, 일단은 내 기분이 좋지 않은 이유를 스스로가 잘 알고 있는 것이 먼저이다. 그래야 또 피곤하고 컨디션이 좋지 않아 우울함이 찾아올 때 그 이유를 몰라 스스로에게 나쁜 말을 하고, 몰아세우는 일을 덜 하게 될 테니까. 그리고 그 원인을 알게 되면 앞으로 더 자신을 위해 투자하게 될 것이다. 좀 더 질 좋은 수면을 위해 노력하게 되고, 좀 더 좋은 컨디션을 유지하기 위해 스트레칭이라도 한 번 더 하게 될 테니. 기분이 걸어오는 시비에 족족 반응하여 내 마음을 상하게 하지 말자. 한 초코바 회사의 광고 문구처럼 배가 고프거나 피곤할 때의 나는 진짜 내가 아니니까.

생각이 많아 잠 못 드는 이에게

행복이란 것에 대해 참 말이 많은 세상이다. 가끔은 정말 존재하는 감정이긴 할까 싶을 정도로 모호한 것이 행복인 것 같다. 그런데 그중 그나마 행복에 관해 가장 잘 묘사한 문구가 있었다. '자려고 누웠을 때 마음에 걸리는 것이 하나도 없는 것' 이 말은 방송인 홍진경 씨가 한 말이다. 그 문구를 봤을 때 이보다 더 행복을 간결하고 와 닿게 표현할 수 있을까 싶어 참 감탄했던 기억이 있다.

요새는 그 문구에 하나가 더 추가되면 좋겠다 싶은 생각이 든다. 그건 자려고 누웠을 때 바로 잠들 수 있는 것. 예나 지금이나 많은 이들을 괴롭히는 것 중 하나는 불면증이다. 현대인의 질병 중 가장 삶의 질을 떨어뜨리는 것이라 할 수 있다. 그래서 요새는 잠에 잘 드는 것 또한 행복의 한 요소가 되지 않을까 싶다.

자려고 누웠는데 머릿속이 복잡하고 시끄러울 때가 많다. 이미 달은 떠오른 지 오래고, 깜깜한 밤하늘에 별조차 숨을 죽이고서 자야 할 시간임을 알리는데 여전히 머릿속이 시끄러워 잠에 들지 못할 때가. 차라리 핸드폰을 하느라 못 자는 거라면 덜 억울할 텐데, 핸드폰을 끄고 누운 지 한참이 되어서도 이런 생각 저런 생각에 뒤척거리다가 쉽사리 잠에 들지 못하는 것이다. 이럴 땐 정말 머리에도 스위치가 달려있으면 좋을 것 같다는 생각까지 든다. 잡생각으로 머리가 복잡해 잠들지 못하는 뇌를 강제로라도 셧다운시켜 휴식을 취하게 하고 싶은 것이다.

　그럴 때 난 혼자서는 절대 내 생각의 꼬리를 자를 수 없다는 것을 알고 있기에 다른 방법을 택하곤 한다. 바로 불안한 생각을 다른 생각으로 전환시키는 것이다. 어차피 나는 스스로 생각을 하지 않겠다고 다짐해도 그럴 수 없다는 것을 알고 있기에 내 마음속에 드는 불안한 생각들을 그나마 긍정적인 생각으로 바꿔주는 것이다. 그래서 잠시 다시 핸드폰을 켜고선 유튜브나 SNS로 자기 계발 명언이나 좋은 글귀를 찾아본다. 어차피 지금 내 머릿속을 괴롭히고 있는 고민들은 당장 해결될 수 없는 것임을 알기에, 이미 그 힘든 시간을 지난 사람들의 조언이나 명언이 담겨있는 영상을 보면 잠시나마 마음이 편해진다. 그렇게 마음이 편해지면 그 사이를 틈타 핸드폰을 얼른 내려 두고 다시 잠에 청한다. 만일 그런 글귀

나 영상들도 다 부질없는 것처럼 느껴질 땐 이 불안한 생각을 눌러버릴 귀여운 동물들 영상이나, 내가 좋아하는 가수의 노래를 찾아 듣는다. 그렇게 지금 내 머릿속에 꽉 차서 나를 괴롭히는 것들의 소리를 억눌러 차단시키고 마음을 편하게 먹으려 노력한다.

유튜브에 각종 ASMR이 넘쳐나는 것을 보면, 사람들이 잠에 들기 위해 얼마나 큰 노력을 하는지 알 수 있다. 가끔은 나 또한 그런 영상에 의지해 잠을 청하고, 그 영상을 틀어 두었음에도 마음속이 시끄러워 잠에 들지 못할 때면 너무 서러워지기도 한다. 잠에 들어야 리셋이 되고, 그래야 뭐든 다시 시작해 볼 텐데. 그런 것조차 쉽지 않은 세상인 것 같아 너무 서글프다. 그러나 나처럼 생각이 많아 잠 못 드는 사람에게 내가 해주고 싶은 말은 하나다. 부디 자신을 너무 몰아붙이지는 말라고. 잠에 들지 못할 정도로 벼랑 끝으로 몰아세우지는 말라고. 자려고 누웠을 때 마음에 걸리는 것 하나 없는 그날이 영영 오지 않을 것만 같지만, 적어도 너무 몰아세워 두려움에 잠을 잘 수 없는 지경까지는 가지 말라고. 그렇게 말해주고 싶다. 몰아붙이지 않아도 괜찮으니, 부디 조금이라도 평안한 밤을 보내도록 당신을 응원하는 이가 여기 있다고.

내 머리로 도저히 이해되지 않을 때

나에겐 끊어내야 하는 사람에 대한 기준이 있는 편이다. 그건 바로 '이 사람은 대체 나를 뭐라고 생각하는 거지?' 하는 생각이 들 때다.

상대가 내 머리로 도저히 이해가 가지 않을 정도로 무례하게 행동할 때, 그것이 내가 생각하는 관계의 선인 것 같다. 그 선을 넘는 순간부터 나에겐 더 이상 이 사람을 옆에 둬야 할 이유가 사라진다. 내 머리로 이해 가 되지 않는 사람과 더 이상 대화를 하거나 만남을 지속할 이유가 사라 지며, 나를 전혀 존중하지 않고 소중히 여길 마음도 없는 사람은 내 인생 에서 사라져도 나에겐 전혀 타격이 없을 것 같다는 확신이 들게 된다. 그 럴 때가 나는 그 관계를 정리해야 할 타이밍이라고 생각한다. 물론 그 타 이밍에 도달하기까지 그 사람에게 많은 기회를 주게 될 테고, 소중히 여

겼던 만큼 많은 인내와 생각을 거치게 되겠지만 그 사람이 변하지 않는

다면 그 타이밍은 결국 맞닥뜨리게 되는 것 같다.

가장 중요한 건

이 사람이 내 옆에 있지 않아도 괜찮을 것 같다고 확신하는

진솔한 마음의 속삭임이다.

내 마음의 진심을 속이면서까지 관계를 유지한다 해도,

그때부턴 상대 앞에선

괜찮은 척하는 연기를 하게 되는 관계가 될 뿐이니까.

서로의 이익만을 위해 맺어진 비즈니스적 관계가 아니라면,

그 관계는 이미 진정성을 잃은 관계가 아닐까.

너 내 동료가 돼라

있잖아, 요새 난 자꾸 어렸을 적 봤던 만화 영화들을 다시 꺼내어 보게
돼. 왜 어린 시절 보는 대부분의 만화 영화들은 주인공들이 끼리끼리 뭉
쳐서 모험을 떠나곤 하잖아. 그 속에서 악당도 함께 무찌르고 웃고 울고
사랑하고 그러잖아. 예전엔 수많은 만화들의 내용이 다 그런 내용이라서
참 진부한 설정이라고 생각했는데 다 커서 보니까 새삼 그런 게 너무 부
러운 거 있지. 방랑자같이 여기저기 떠돌아다니면서 힘들게 생활하기도
하지만, 그만큼 옆에 있는 친구가 내 동료이고 가족이 되어버려서 그 누
구보다 소중해지는 관계. 가끔 서로 싸우기도 하고 다퉈서 멀어지기도
하지만 결국엔 다시 만나 서로의 돈독한 관계를 쌓아가는 그 모든 것이
왜 그렇게 부러운지 몰라.

어쩌면 만화 영화 속 해적왕이나 요괴 퇴치, 소원을 들어주는 구슬 뭐 그런 내용보다도 지금의 나에게 더 판타지 같은 내용은 '내 목숨만큼이나 소중히 여기는 동료이자 친구' 그 존재이지 않을까. 애초에 모험 같은 걸 떠날 수도 없고, 지금 나 자신의 삶도 온전히 살아가기 힘겨운 이 시대에 나는 누군가를 그만큼이나 사랑하고 소중히 여길 수 있을까. 그것이 단순히 이성 간의 사랑이라는 마음을 떠나서, 정말 내 모든 것을 다 주어도 아깝지 않을 정도로 소중한 친구이자 동료는 앞으로도 만들 수 없을 것만 같아. 그런 생각들이 덮쳐 오던 어느 밤 나는 그런 꿈을 꿨어. 고생하는 걸 정말 싫어해서 단순한 캠핑이나 수련회 같은 것도 싫어하는 내게 어느 날 한 만화 속 주인공이 나타나 자신의 동료가 되어 함께 모험을 떠나자고 하는 꿈을. 그리고 난 꿈속에서 주저 없이 그 손을 붙잡고 떠나기로 약속을 했어. 그러다 금방 꿈에서 깨어났지만 아쉬움이 진득하게 묻어나는 내 마음을 보며 느꼈어. 어쩌면 그만큼이나 나는 그 만화 영화 속 주인공들이 참 부러웠나 봐. 서로를 자신의 목숨만큼이나 아끼고 지켜주는 그 돈독한 관계가 말이야.

괜찮아

불안함은 내 맘대로 없앨 수 없고, 아마 미래를 보는 눈이 생기지 않는 이상 평생을 그렇게 불안하게 살겠죠. 그건 어쩔 수 없지만, 나 자신을 잃어버릴 만큼 무너져 보니 불안함에 무너지지 않는 게 가장 중요한 것 같아요. 그게 쉽지는 않겠지만 오늘도 고생하고 많이 불안했을 당신께, 그래도 괜찮을 거라는 말을 남기고 싶어요. 당신이 조금은 괜찮아져도 괜찮다고요.

치열하게만 살 순 없어요.

잠시 그 마음을 눕혀 평온하게 해도 괜찮아요.

part2. 살다 보면 그런 날도 있어

PART 3

언젠간 분명 좋은 날이 올 거야

내 인생의 하이라이트를
기대하고 기다리며 —.

괜찮아, 뭐든 해볼 수 있어.

영화, 드라마의 줄거리나 결말은 그렇게 미리 듣기 싫어하면서, 왜 나는 매일 나의 미래를 엿보고 올 수 있는 타임머신이 있었으면 하고 바랄까. 미래가 불확실한 것은 당연한 건데도 아주 가끔은 미래를 점치려 했고 어떻게 해서든 내 인생의 스포일러를 자처하려 아등바등한다. 또 가끔은 뻔해도 상관없으니 내가 원하는 방향대로 미래가 정해져 있길 간절히 바라며 기도하기도 한다. 그런 행동의 모든 이유는 하나다. 내가 원하지 않는 상황이 나의 미래로 정해져 있을까 봐. 그게 두려워서.

그런 두려움에 여러 번 잠식되어 나를 잃어갈 때쯤 나는 이내 스스로에게 답을 내렸다. 미래가 정해져 있든 정해져 있지 않든 상관이 없다고. 미래가 정해져 있다고 해도 정말로 타임머신이 개발되지 않는 이상 우리는 절대로 그 미래를 알 수 있는 방법이 없다. 그러니 정해져 있는 미래가 있다고 해도 상관없다. 우리는 그 사실을 모르니 뭐든 해볼 수 있다. 정해진 것이 없는 것처럼 뭐든 시도해 볼 수 있는 것이다. 마치 뭐든 해낼 수 있는 사람이라 믿으며.

우리는 모두 자신이 무엇이 될지 모른다는
불안함을 안고 살지만,
반대로 그렇기에 우리는 무엇이든 될 수도 있다는
기대감을 안고 살 수도 있다.

당신의 모든 순간은 고귀하다

　며칠 전, 누군가가 꿈을 이루고 그것의 결실을 맺는 순간을 가까이서 보았다. 자신이 이뤄낸 꿈속에서 자유롭게 날개를 편 순간을. 그 누군가의 눈은 마치 온 세상의 희망을 다 가져다 품은 듯, 아주 깨끗한 유리알처럼 반짝거렸다. 난 그의 눈을 바라보며 인위적인 무언가를 눈가에 가져다 붙인 것도 아닌데 어쩜 저리 반짝일까 싶어 한참을 들여다보았다.

　참 오랜만이었다. 누군가의 꿈이 반짝거리며 빛을 내는 모습을 바라보고, 마치 살아있음을 느끼게 해 주듯 역동적인 자유로움을 마주한 것이. 그리고 그런 그의 모습을 보며 내 마음이 참 삭막해졌다는 것을 느꼈다. 나는 요새 어떤 눈빛으로 살고 있었을까. 잘은 모르겠지만, 예전보다는 많이 흐리멍덩해진 눈빛을 하고 있었음에는 틀림없었을 것이다. 뜻하는 대로 흘러가지 않는 인생에 참 많이 속상해서 울기도 하고, 늘 하고 싶은 게 많았던 내가 처음으로 어떤 것을 향해 나아가야 할지 갈피를 잃어버리곤 했으니까. 그러다 마주한 그의 반짝거리는 눈을 보며 나도 그러한 열정과 희망을 다시 찾고 싶다는 간절함이 새록새록 고개를 들었다. 그 또한 나처럼 참으로 많은 눈물을 쏟고, 그 눈물로 아픔들을 씻어냈기에 아주 희망에 찬 반짝이는 눈을 갖게 되었을 테니까.

렌즈를 끼다 보면 렌즈에 단백질과 이물질들이 붙는다. 그러면 그 렌즈를 빼서 세정액으로 씻고 다시 착용해야 한다. 이처럼 우리가 미래를 향해 달려갈 때 참 많은 절망과 좌절이 달라붙어 우리의 눈을 희뿌옇게 만든다. 마치 더는 희망이 없는 듯 속삭여 우리의 눈과 마음을 삭막하게 만든다. 그러다 점점 앞이 보이지 않아 마음이 조급해지면, 결국 방향을 잃어 눈물을 마구 쏟아내기도 한다. 이렇게 열심히 달려왔는데 여전히 제자리인 것만 같아 지겹고 고통스럽다. 그렇지만 그 눈물이 때로는 세정액처럼 우리의 눈과 마음에 달라붙은 절망과 좌절을 씻어내 주기도 한다. 그 자리에 용기가 다시 깃들도록, 다시 일어나 방향을 찾게 하도록. 그렇게 무수히 많은 눈물로 씻어주어서, 결국 내가 본 누군가의 눈처럼 아주 반짝거리게 만든다. 그리고 그 반짝이는 눈은 나도 모르게 타인에게 아주 좋은 영향을 주게 될 것이다.

우리는 살아가면서 자신도 모르는 사이, 서로에게 영향을 주며 살아간다. 누군가 열심히 살아가는 모습에서 내가 자극을 받기도 하고, 아등바등 미래를 찾는 내 모습도 때로는 누군가의 마음에 힘을 실어줄 수 있다. 당신이 꿈을 향해 달려가고, 미래가 막막해 고뇌하고, 마침내 그것을 손에 움켜쥘 그 모든 순간들은 그렇게 고귀하다. 당신의 꿈은 당신에게나 다른 사람에게나 참으로 찬란하다.

꿈꾸는 바보들을 위하여

　자주 무너지는 삶을 산다. 괜찮은 것 같다가도, 이 정도면 그래도 꽤 잘 살아가고 있다고 생각하다가도, 불현듯 찾아오는 불안과 무기력에 무너진다. 괜히 엄습하는 불안함은 항상 나를 망가뜨리고 부수며 무너지게 만든다. 그러다 또 언제 그랬냐는 듯 다시 걸어간다. 손등으로 애써 훔쳐도 아직 다 닦이지 못한 눈물들을 속눈썹 끝에 매달고선, 결국 다시 일어나서 걸어간다. 그게 지금 나의 삶인 것 같다.

　우리는 다들 불안하다. 미래를 알 수 없어 불안해하고, 내가 지금 가고 있는 길이 정말 맞는 길인지 끊임없이 고뇌하며 그 고민을 되풀이한다. 목적지가 하나여도 그곳에 도달할 수 있는 길은 무수히 많을 거고, 조금 느린 길로 가도 괜찮을 텐데. 내비게이션이 알려준 길이 아니라 다른 길로 가도 결국엔 목적지가 나올 텐데. 우리는 그럼에도 불구하고 우리가 서 있는 모든 길들이 나의 길이 아닐지도 모른다며 불안해한다. 목적지가 하나라면 가장 짧은 길을 택해도 맞는 길이고, 가장 돌아가는 먼 길을 택해도 맞는 길일 텐데 말이다.

영화 〈라라랜드〉에 나온 노래 중엔 'The fools who dream'이라는 노래가 있다. 번역하자면 '꿈꾸는 바보들'이라는 곡이다. 그 가사 속엔 꿈을 꾸느라 가슴이 미어지고 삶이 망가지고 미쳤다는 소리를 들어도 계속해서 자신의 꿈을 향해 다가가는 사람들의 이야기가 나온다. 주위 사람들이 뭐라고 하든 결국 자신의 길을 가는 사람. 다른 사람이 봤을 땐 바보 같고, 멍청해 보이고, 목적지에 도달할 가장 짧은 길은 이 길인 것 같은데도 굳이 돌고 돌아 먼 길을 걸어가겠다고 하는 사람. 그래서 많이 부서지고 무너지고 망가지며 아파하는 삶을 사는 사람. 나는 매번 그런 사람의 길을 걸었던 사람이었기에 그 부분을 보며 참 많이 울었던 것 같다. 그러나 나는 '네가 선택한 길은 올바르지 않아'라고 하는 사람들에게 나는 당신과 목적지가 같지 않다고 말하고 싶다. 당신이 옳다고 생각하는 길이 인생의 목적지에 가장 빨리 도달하는 짧은 길이듯, 내가 가야 할 길은 좀 멀어 보이는 이 길이라고. 비록 그 길을 걷느라 발이 퉁퉁 붓고 온 다리에 멍이 들어도, 발가락에 물집이 잡히고 발톱이 빠지는 한이 있더라도 자꾸만 그쪽으로 걷게 되는 것은 나의 진심이 이끄는 일이라서 그렇다고. 그것이 결국 내 인생을 이끌어가는 모든 것이고 그것이 더 나에겐 현실적이며 간절한 길이라고 말이다.

그래서 나는 오늘도 불안에 떨며 눈물을 흘리더라도 그 길을 걸어간다. 주저앉아 울고만 있지 않는다. 울면서도 계속 걸어간다. 그 길이 나의 길이라고 애써 믿으며. 가끔은 그 길이 너무 고통스럽고 나에게 포기하고 돌아가라며 위협을 하는 것만 같아도 결국엔 해야 하는 마음이 드는 것은 그게 나의 길이기 때문일 테다. 영화 속 노래 가사처럼, 지금까지 나의 세상에 없던 색깔을 보려면 조금은 더 미쳐야 한다. 그게 우리를 어디로 이끌지는 나도, 나에게 그 길이 아니라고 말하며 간섭하는 저 사람도 알 수 없을 테니 말이다.

조금 느리면 뭐 어때,

조금 돌아가는 것 같아도 뭐 어때.

빨리 간다고 다 좋은 것만은 아니잖아?

오히려 조급한 마음에 뛰어가다간 넘어질 수도 있다고.

이왕 이렇게 된 거 주위의 풍경도 좀 둘러보고,

하늘을 향해 기지개도 켜 주고,

여유롭게 가 보자고.

인생은 선착순이 아니니까.

관심에 대하여

　개인적으로 싫어하게 된 말들이 있다. 그 말들은 내가 어렸을 적엔 딱히 존재감이 없을 정도로 잘 쓰이지 않다가 어느 순간 세상에 출현해서는 사람들의 행동에 제약을 주게 된 말들이다. 예를 들면 '오글거린다'라는 말과 '관심종자'라는 말이 그렇다. 그런 말들은 어느 순간 우리 주위에 생겨나서는 사라지지 않은 채 계속해서 사람들의 감성적인 표현과 사랑받고 싶은 마음들을 폄하시키는 것 같다. 그래서 언제부턴가 억지로라도 그런 부분을 더 감추고 살아가게 된 것 같다.

　SNS 시대 이전엔 블로그나 미니홈피에 자신의 일상과 생각들을 꽤 자유롭게 게시했고, 친구나 가족, 연인에 대한 애정 어린 뭉클한 마음들도 가감 없이 올리기도 했다. 또 그 게시글을 친구나 주변인들이 자신의 홈

페이지로 가져가 공유를 하기도 했었다. 친구들끼리는 미니홈피에 서로만 볼 수 있는 우정 다이어리를 적기도 했고, 메신저 상태 메시지엔 남몰래 좋아하는 이에게 암호 같은 마음을 적어 두기도 했었다. 물론 지금도 그러한 부분이 아예 없어졌다고 할 순 없고 다른 형태로 변형이 된 느낌이지만, 확실히 자신의 진심을 담은 글들을 보여주기 꺼리는 사람들이 많아진 것 같다.

그 중 '관심종자'라는 말, 줄여서 '관종'이라고 하는 말은 들을 때마다 가장 속상하기도 하다. 그 말은 일부러 특이한 행동을 해서 타인에게 관심을 받고 싶어 하는 사람을 속되게 부르는 말인데, 가끔은 나조차도 그 단어를 떠올리고 혹시 타인에게 그리 비치지 않을까 걱정하며 행동에 제약을 걸기도 한다. 물론 타인의 관심을 억지로 끌기 위해 눈살이 찌푸려질 정도로 과도한 언행과 무례한 태도를 옹호하는 것은 아니다. 그렇지만 많은 사람들이 자신의 어떤 매력이나 장점을 어필하는 것조차 마치 '관심을 받고 싶어 안달이 난 사람처럼' 보일까 전전긍긍하며 꼭꼭 숨기게 되고, 진심 어린 창작물들을 SNS에 게시하는 것조차 두려워하는 경우를 볼 때 가장 속상해지는 것 같다. 사실은 나도 처음 SNS에 글 계정을 만들어 글을 올리기 시작했을 때, 내 주위의 사람들이 내 글들을 읽지 않았으면 좋겠다는 생각을 끊임없이 했다. 내가 진심을 담아 쓴 글을 읽으며 혹시 비웃진 않을까 싶어 어떻게든 주변인들에겐 숨기려고 했고, 그러다 혹여 아는 사람이 그 계정을 발견해 팔로우하거나 댓글을 달았을 땐 심장이 덜컥 내려앉는 것 같기도 했다. 시간이 지난 지금은 오히려 그 계정을 통해 내 글을 적어서 세상에 보이게 되므로 책을 출간할 기회를 얻게 되었고, 되려 주변인들이 내게 멋있다며 박수를 쳐주는 계기가 되었기에 전혀 그렇지 않지만, 실제로도 SNS에 창작 활동을 하는 다른 작가들이 그때의 나와 같은 고민을 하는 모습을 보기도 하며 안타깝기도 했다.

나는 그 '관심'이라는 단어를 사람들이 '호감'이나 '인정'이라는 말로 변형해서 생각해 주었으면 한다. 저 사람은 사람들에게 관심을 받고 싶어한다기보다, 사람들에게 호감이나 인정을 받고 싶어 한다는 식으로 생각을 바꾸면 조금은 그 표현이 덜 자극적으로 들릴 것 같아서 말이다. 또 한편으로 생각해 보면 관심을 받고 싶어 한다는 게 그리 나쁜 것이 아니다. '많관부'라는 줄임말이 있을 정도로 우리는 '많은 관심 부탁드린다'라는 말을 자주 쓰고 익숙하다. 그건 그만큼 세상에 수많은 직업들이 사람들의 관심을 필요로 하는 경우가 많고, 또 사람이라면 누구나 주변인이나 불특정 타인에게 관심과 인정을 받고 싶어 하는 경우가 많다는 뜻이다. 굳이 불특정 다수의 대중에게 사랑을 받는 것이 아니더라도, 누구나 주변의 가족이나 친구, 연인에게는 관심과 인정을 얻고 싶어 할 테니까.

어느 순간부터 그런 말들로 인해 전하고 싶은 진심이나 말, 글들을 표현하지 못한 채 묻어 두는 경우가 종종 생겼다. 또 지금도 이런 글들을 쓰며 나에 대해 왈가왈부하게 될 그런 말들을 두려워하기도 한다. 하지만, 그래도 나는 어릴 적 공을 들여 꾸몄던 블로그나 미니홈피의 게시글처럼 조금 더 뭉클하고 감성적인 부분들이 떨어져 나가지 않았으면 한다. 내가 누군가에게 관종처럼 보인다고 해도 그에 대해 굳이 피하지 않고 인정할 테니, 난 여전히 내 글과 나라는 사람이 다른 이들에게 좀 더 많이 관심을 받고 호감과 인정을 받았으면 한다. 그리고 나를 비롯한 다른 사람들도 이제는 그런 단어들이 억누르는 부분에서 벗어나 자신이 하고 싶은 창작이나, 알리고 싶은 자신의 장점과 매력들을 당당하고 진솔하게 표현할 줄 아는 세상이 왔으면 좋겠다.

뒤늦은 사춘기

누구나 사춘기가 온다. 어른이 되기 전에 겪는 성장통. 대개 중학교 2학년인 열다섯 살쯤에 오는 경우가 많아서 '중2병'이라는 우스갯소리가 정착되기도 하는 그 시절 말이다.

나의 중학교 2학년 시절은 내 학창 시절 전체를 통틀어 가장 암울하고 힘겨운 시기였다. 같은 반의 다른 아이들은 중2병이라는 말과 어울리게 자기 멋대로 행동하기에 바빴고 그로 인해 괜히 옆에 있던 나에게까지 불똥을 튀기며 상처를 주는 경우가 많았다. 그래서 매일매일 친구들 틈에 어떻게든 끼어 있기 위해 이유 없는 놀림과 비웃음이 돌아와도 애써 무시하려고만 했던 것 같다. 그런 시절을 겪어 내느라 사실 나의 중학교 2학년 시절엔 사춘기로 불릴 만한 방황을 겪지 못했다. 방황은커녕, 나를 하루하루 다른 아이들에게서 지켜내기에도 급급했기 때문이다.

내가 생각하기에 사춘기란 무언가 아픈 느낌이 강한 것 같다. 풋풋하고 여린 그런 느낌보다도 아이에서 어른으로 자라나는 과정에서 아직 세상을 제대로 겪지 못한 두려움에 맞서면서 느껴가는 성장통과 비슷하다. 그런데 난 그때 겪지 못했던 사춘기를 꼭 이제서야 느끼는 것만 같다. 요새는 왜 이렇게 하루하루가 힘이 들고 버거운지. 중학교 2학년 시절처럼 누가 딱히 나를 괴롭히는 사람도 없는데, 이상하게도 마음은 편하지 않다. 해야만 하는 일과 하고 싶은 일 사이에서 미친 듯이 방황하게 된다. 내가 생각했던 세상이 내 생각보다 그리 녹록지 않음을 알게 되었고, 어른이 되어 간다는 게 참 많이 힘이 든다는 사실을 뼈저리게 느끼고 있다.

고등학생 때 학교에 왔던 스물셋의 교생 선생님이 기억난다. 그때는 그 선생님을 보며 어른이라고 생각했는데, 그때의 교생 선생님의 나이를 훌쩍 넘어온 지금의 나는 스스로를 어른이라 생각하지도 못한다. 또 고등학생 당시 스물셋의 교생 선생님을 어른이라 생각한 만큼, 지금의 내 나이 정도엔 어느 정도 인생의 기반을 잡고 안정이 되어 있을 거로 생각하곤 했는데 그 기대엔 여전히 부응하지 못해서 하루하루가 더 아프고 답답하다. 매일을 살아간다는 것보다는 살아내는 것만 같고, 그 힘겨움에 시간이 갈수록 진짜 행복해서 웃게 되는 웃음이 사라져만 간다. 때가 되면 다 자연스레 할 수 있을 거로 생각한 일들은 죽을 만큼 노력하지 않으면 단 하나도 거저 이루어지는 것이 없었다. 이렇게 불안하기만 한데, 세상은 내가 해내야만 하는 숙제들을 산더미처럼 쌓아 놓는다. 그래서 예전엔 별일 아닌 것에도 참 잘 웃고, 잘 감동하고 꽤 명랑하게 살아가고 있다고 생각했는데, 요새는 꼭 어릴 적 내가 생각했던 재미 없는 어른의 표정을 하고 있다. 아직 스스로를 어른이라고 생각하지도 못하면서 말이다.

어쩌면 우리는 매일을 사춘기와 같은 나날 속에 살고 있지는 않을까. 아마 나 스스로 어른이 되었다고 인정할 때까지 이 사춘기를 계속 반복할 것 같다. 이놈의 뒤늦은 성장통, 뒤늦은 사춘기. 그리고 뒤를 돌아볼 때마다 알게 될 것이다. 사실 지금도 굉장히 빛나고 소중한 시기를 지나고 있다는 것을 말이다. 왜 우리는 항상 그 당시엔 알지 못하고 돌아보면 소중했음을 느끼게 되는 걸까. 이제는 좀 현재를 즐길 법도 한데, 항상 과거와 미래에 얽매여서 살고 있다. 이 과거와 미래에 연연하며 살아가는 것을 그만두면 뒤늦게 온 사춘기와 성장통에서 벗어날 수 있게 되지 않을까. 몇 년 뒤의 나 또한 지금의 나를 생각하며 그때가 좋았다는 후회를 하게 될 것이 뻔하니, 우리 이제는 그 굴레를 벗어버리고 지금 반짝이고 소중한 순간을 보내고 있는 현재의 나를 기대해 보는 것이 어떨까.

지금 반짝이고 소중한 순간을 보내는 몇 가지의 팁.

하나, 자주 하늘을 봐주고,
둘, 날이 좋으면 걷기도 하고,
셋, 볼을 스치는 살랑 바람을 느껴보고,
넷, 지는 노을을 빤히 바라보기도 하며,
다섯, 일상적인 것들을 즐겨 보기.

나를 위해서

　가끔 누군가를 너무 좋아해서 상처를 받기도 하고, 그 속에 들어가 온 갖 우울함은 다 끌어안고 있는 나 자신을 보며 생각했다. 나는 누군가를 좋아하면 내 인생이 다 그 사람으로 인해 굴러가 버리니 누군가를 좋아 하는 마음에 어느 정도 적정선을 그어 두어야 하는 거 아니냐고. 하지만 그 생각을 떠올리자마자 헛웃음이 나왔다. 그게 가능하면 사랑이라는 단 어는 왜 그리 많은 말들로 정의가 되는 건지, 왜 다들 이별로 인해 아파하 는지, 사람 마음이 그렇게 자기 멋대로 된다면 인생은 참 쉬운 일이 아닐 까 하는 생각들이 나를 관통했기 때문이다. 적어도 그것은 진정 누군가 를 마음 절절히 좋아해 보거나 사랑해 봤다면 절대 할 수 없는 거라고 생 각했다.

누군가를 마음에 담으면 그와 함께하는 내 미래를 자주 그려 보는데, 그 상상이 무엇이 되었든 그 모든 것은 오로지 나를 위해서다. 이런 나를 보며 '쟤는 저 사람이 뭘 그리 인생에 도움을 준다고 저리 다 바칠 듯 좋아하는 걸까' 하는 생각을 한다 해도 어쩔 수 없다. 사실 내가 누군가를 좋아하는 건 결국 나 자신을 위한 거니까. 물론 저 사람이 내 마음을 알아주고, 내 마음에 동의하며, 나와 같은 마음을 품고, 나와 함께 해 준다면 더할 나위 없이 행복하겠지만, 또 그걸 간절히 바라기도 하겠지만 어디까지나 그 바람 또한 내가 행복하기 위해서니까. 저 사람을 좋아하고 저 사람과 함께 대화를 나누고 맛있는 것을 먹으러 가고 그와 함께하는 모든 일상을 상상하며 바라는 것은, 바로 저 사람이 내 세상에서 가장 뚜렷하게 보이는 나의 행복이기 때문이다. 결국 모든 게 나의 선택이고, 나의 행복을 위한 방법이란 것이다.

내가 내리는 모든 선택의 방향은
모두 내가 행복해질 수 있는 방법을 향해 있을 테니.

있는 힘껏 내 마음을 열어줄 사람

가끔 나는 그런 생각을 한다. 자물쇠와 열쇠처럼 사실은 사람들도 자신에게 딱 맞는 누군가가 정해져 있지 않을까 하고. 특별히 무언가를 하지 않아도 누군가와 아주 잘 맞아서 자연스럽게 서로의 마음을 여닫을 수 있는 그런 존재가 있다고. 자물쇠와 열쇠는 세상에 오직 서로를 위해 존재하니까. 딱 열쇠의 모양과 크기만큼 공허함을 느끼는 자물쇠, 그 자물쇠에 닿아야만 존재가 온전해지는 열쇠처럼 말이다. 자물쇠에게 맞지 않는 다른 열쇠로는 마음의 공허함을 채울 수 없을 테고, 열쇠에게 다른 자물쇠는 그 마음을 열 수 없어 답답하기만 할 테다.

또, 성경의 창세기에서 아담의 갈비뼈 하나를 취해 짝 하와를 만들었다는 흥미로운 이야기처럼 혹시나 나 또한 누군가의 갈비뼈로 만들어졌거나 내 갈비뼈로 누군가가 만들어지진 않았을까 하는 이상한 생각도 한다. 만약 나도 누군가의 갈비뼈로 만들어졌거나 내 갈비뼈로 누군가가 만들어졌다면, 자꾸만 엄습하는 이 외로움의 기원은 그 대상을 아직 찾아내지 못했기 때문이 아닐까 하고. 혹시 그 사람은 딱 나만큼의 공허함을 느끼는 자물쇠이거나 내 굳게 닫힌 마음의 문을 단번에 열 수 있는 열쇠 같은 존재가 아닐까 하고. 만일 그런 사람을 만나게 된다면 혼신의 힘을 다해 사랑해 줘야지. 서로를 온전하게 해주는 그런 사람을 만나게 된다면, 있는 힘껏 그의 마음을 열어보거나 있는 힘껏 내 마음을 열어줘야지.

사소함을 대하는 태도

"누군가의 본래 모습이 궁금하다면 그 누군가가 사소함을 대하는 태도를 보면 돼. 하나를 보면 열을 안다는 말은 이런 곳에도 해당하거든. 아주 사소하고 일상적인 것을 대하는 태도를 봐. 그 사소한 점으로부터 그 사람의 진실된 태도가 보이는 법이지. 거창하고 장대한 것은 한껏 치장하고 꾸며내어 본래 모습을 감출 수 있지만, 사소한 것은 너무 사소하기 때문에 아무리 꾸며내려고 해도 찰나의 순간 그 사람의 본래 모습과 습관이 묻어나는 법이거든. 사소한 것에도 다정하고 성실하고 최선을 다하는 사람인지 보게 되면 이 험한 세상 속에서 그래도 좋은 사람들을 많이 만날 수 있게 되더라고.

하나 더 중요한 것은, 이 사소함을 대하는 태도로 나의 태도와 마음가짐을 점검해 볼 수도 있어. 나는 그 사소함들을 그냥 무시하고 내던지며 살아가는 사람인지, 아님 사소함에도 진심을 다하며 사는 사람인지 잠시 생각해 보면 타인이 나를 보는 모습이 어떤 모습인지도 알아차릴 수 있어. 그 사소한 것에도 진심을 다하면 스스로를 믿을 수 있는 사람으로 만들 수 있고, 누군가가 내게 먼저 다가오고 싶을 정도의 매력을 만들 수 있지. 내가 그렇게 좋은 사람이 되면, 분명 또 그렇게 사소한 것부터 진심을 다해 대하는 좋은 사람이 나에게 찾아올 거야. 사소한 것도 소중히 여겨주는 그 누군가가 나를 또 얼마나 소중하고 특별히 여겨주겠어. 안 그래?"

　이상, 나에게 사람 보는 방법을 묻는 이들에게 해주고 싶은 답변 끝.

가끔은 얼마나 매력적인 사람인지보단

얼마나 나에게 져줄 수 있는 사람인지,

그것에 집중해 보기를.

나의 영감의 원천

바다, 호수, 강, 지는 노을, 탁 트인 하늘, 계절이 한눈에 들어오는 산. 누구나 추천하는 여운이 깊은 영화나 드라마, 감탄할 정도로 좋은 표현을 쓰는 좋아하는 작가의 책, 생각이 넓어지게 만드는 인상 깊은 전시회.

그 모든 것보다 뛰어난 것이 있다. 너의 웃음, 보조개, 눈빛, 아무것도 아닌 실없는 너와의 대화, 지루할 정도로 익숙한 일상적인 너의 모습. 위대한 자연, 유명하고 대단한 작품들보다 뛰어난 것은 아주 사소해 보이고 꾸며내지 않은 너의 모든 것. 그리고 그런 너를 바라보는 내 눈에 씌워진 콩깍지와 애정 하나.

실로 그 콩깍지라는 건 현실에 존재하는 마법과도 같지 않을까.
누군가를 사랑하게 만들어주는 사랑의 묘약과 같은 마법.

너에게만 보여줄 수 있는 것

    좋은 연애를 하는 방법에 대해 많은 사람들이 이야기하는 시대이다. SNS를 켜기만 해도 연애에 관련해 자신의 생각을 쏟아내는 영상들이 넘쳐나고, 그 영상의 댓글에서도 자신만의 연애관을 논한다. 지금은 그런 영상을 거의 보지 않고, 그들의 말에 딱히 휩쓸리지도 않지만, 20대 초반의 나 또한 그런 영상에 의지해 연애를 하려고 했던 것 같다. 그러나 지금도 가끔 알고리즘의 선택에 의해 그런 영상을 마주하게 되는데, 가장 최근에 본 영상에선 이렇게 말하고 있었다. '상대에게 나를 다 보여주지 마세요.'라고. 좋아하는 상대에게 내 마음을 다 보여주고 내 모든 것을 다 오픈하면 상대는 내게 흥미가 떨어져 금세 떠나간다는 말이었다. 내가 어렸을 때도 이 말은 참 자주 들었던 말이었고, 나 또한 그 말에 휩쓸려 내 마음을 잘 보여주지 않았던 것 같다.

저 이야기에 지금도 누군가는 공감할 수 있다. 그렇지만 나에게 있어서 저 말은 '이성에게 매력적이고 신비롭게 보이는 방법'으로 적용될 수는 있다고 해도 절대 '좋은 사랑을 하는 방법'은 아니다. 내 모든 것을 꼭꼭 숨기고, 상대를 향한 내 진심도 표출하지 못하고, 나의 깊은 속마음도 보여주지 못하는 사람에게 대체 언제까지 그 가면을 쓰고 지낼 수 있을까. 오히려 나중엔 분명 나를 더 보여주지 못했다는 것이 크나큰 아픔으로 다가올 수 있다.

적어도 나에게 있어 사랑이란, 아무에게도 드러낼 수 없는 부분과 꼭꼭 숨겨 두었던 부분까지 서로에게만은 보여주고 상대를 있는 그대로 받아들여 주는 것이다. 그게 오히려 그 사람이 내 세상에서 얼마나 특별한 사람인지 보여주는 증거이지 않을까.

사랑은 때때로 특별함을 요구한다.

내가 당신의 세상에서 얼마나 다른 사람과 다르게 여겨지는지,

얼마나 특별히 소중한지 계속해서 묻고 요구한다.

이별에서 이겨낼 수 있는 방법

작가가 되고 많은 고민거리를 상담하게 된다. 그런데 그중 나를 가장 난감하게 만드는 고민 중 하나가 바로 '연인과의 이별'이다. 많은 사람들이 내게 이별을 잘하는 방법과 이별의 아픔을 극복하는 방법을 묻는다. 하지만 내가 그런 질문을 마주할 때마다 드는 생각은, 단 한 가지밖에 없다. 시간이 약이라는 것.

그러나 시간이 약이라는 것은 시간이 모든 것을 해결해 준다는 의미는 아니다. 아무리 시간이 지나도 잊히지 않는 연인이 누군가에겐 있을 수도 있으니까. 그건 말 그대로 정말 '약'일 뿐, 이별의 아픔을 완전히 해결해 준다는 것은 아니다. 그러나 시간은 마치 해열제와 같다. 이별의 아픔으로 열이 펄펄 끓는 마음에 시간이라는 해열제를 쓰면 그 열을 아주 서서히 내려준다. 그리고 천천히 내 마음을 조금씩 괜찮아지게 만들어 준다.

　모든 약은 먹는 즉각 효과가 나타나진 않는다. 아무리 특효약이라도 그것을 먹고 몸에 스며들어 효과가 발휘되기 전까진 여전히 고통스럽다. 시간도 마찬가지다. 나를 원래의 일상으로 돌려주기까지 상대에게 진심이었던 만큼 더욱더 많은 시간이 걸리고, 그 과정은 여전히 고통스럽다. 그러나 장담할 수 있는 건 시간이 내 마음속 이별의 열을 떨어뜨려 주면, 그제야 보이는 것들이 있다는 것이다. 마치, 어린아이가 여러 가지의 잔병을 치르며 몸속에 좀 더 많은 항체를 만들어 나가 튼튼하게 자라는 것처럼, 그런 이별의 아픔을 치르며 좀 더 성숙한 사랑을 할 수 있는 사람으로 자라난다. 그 이별의 항체들로 당신은 더 괜찮은 사람이 되어 간다.

아득한 이별

좀 더 깊숙한 이별이 있다. 너무 아득하게 깊어서 아무리 손을 뻗어도 닿을 수 없는 이별이. 살면서 누구든 마주할 수밖에 없는 시간, 소중한 누군가를 하늘의 반짝이는 별로 올려보낼 수밖에 없는 아주 깊숙한 이별. 우리의 앞에 너무나 깊고 넓은 은하수가 흐르고, 소중한 이가 나보다 먼저 그 은하수를 건너는 순간 말이다. 그 아득한 이별을 일컫는 말이 너무나 많지만, 하늘의 별이 되었다는 말은 누가 먼저 시작했을까 싶을 정도로 와 닿는다.

이 우주는 지금도 끊임없이 팽창하고 있고, 그 속엔 인간의 머리론 상상조차 할 수 없는 수의 별과 은하가 존재한다. 소중한 존재를 떠나보내며 사무치는 슬픔에 울고 있던 중, 그게 정말 우리가 사랑했던 누군가가 은하수를 건너 자리한 것이라면 좋겠다는 생각을 했다. 그래서 저 멀리서 분명 내려다보고 있을 것이라고. 아득히 먼 그곳에서도 여전히 반짝이는 빛을 발하며 내게 신호를 보내고 있다고 말이다. 나는 여기 잘 있다고, 이렇게 반짝거리며 너의 머리 위를 여전히 내려다보고 있다고.

가끔은 그렇게 생각하려고 해.
네가 세상에서 떠나거나 사라진 게 아니라
그냥 어딘가에서 살아가고 있다고.
아주 멀리 떨어져 있을 뿐,
여전히 어딘가에서
아주 행복한 미소를 지으며 살고 있다고.

뻔한 위로 속에 담긴 소중한 진심은

지구 위로 엄청나게 큰 망원경을 설치해서 인간의 머리로 상상할 수도 없을 만큼 아득하게 먼 별과 우주를 관측하는 이 시대에, 왜 우리는 가까운 서로의 마음을 들여다볼 수는 없을까. 서로의 동의 하에 내 진심을 상대가 그대로 느껴볼 수 있도록 하는 기술이 있다면 참 좋을 텐데.

세상을 살아가기가 너무 힘들다며 고통스러워하는 너에게 그저 힘내라고, 괜찮아질 거라고, 조금만 더 버텨 달라는 말밖에 하지 못하는 내 진심을 그렇게라도 너에게 전달하고 싶어. 사무치도록 너를 걱정하는 이 마음이 이 정도의 말로밖에 표현할 수 없을 때, 나는 내 마음을 너에게 내어주어 직접 느껴보게 하고 싶어. 그러니 때로는 아무 말도 하지 않고 옆에 있어 주는 게 가장 최선이라고 하기에 옆에 묵묵히 있어 주지만, 벼랑 끝에 서 있는 것 같은 너를 내가 직접 끌어당겨 구출해 줄 수 없는 이 순간이 내게는 너무 안타까워.

깊은 우울에 빠졌을 때, 내 주변에 있는 사람들이 나에게도 똑같은 말들을 했었어. 그때의 나는 그 말들이 참 버거웠어. 힘을 낼 수가 없는데 왜 힘을 내라고 하는 건지, 버티고 싶지 않은데 왜 자꾸 버텨 달라고 하는지, 지금 당장 괜찮지 않은데 괜찮아질 거라는 말이 무슨 소용이 있는지 그런 생각만 들었거든. 그래서 그 말들이 마치 자신의 일이 아니니까 무책임하게 내뱉는 말처럼 느껴질 뿐이었어. 그러나 이젠 알아. 그건 '내 일이 아니니 네가 알아서 하라'는 무책임한 말이 아니라, 그게 그 사람이 나를 너무 소중하게 여기기에 해줄 수 있는 가장 최선의 말이었다는 걸.

소중한 사람아, 부디 이것만 알아줘. 너에게 건네는 뻔한 위로의 말은 그 마음을 천분의 일도 담지 못한다는 것을. 그것을 알면서도 그 정도밖에 해 줄 수 없다는 것이 아릴 정도로 아프다는 것을. 내 심장을 너에게 빌려줄 수 있다면 좋겠다고 생각할 정도로 널 소중히 여기고 있다는 것을. 정말로 괜찮아질 거야, 내가 그렇게 네 옆에서 널 지켜낼 거야.

지킨다는 말은 언제 들어도 참 든든한 매력이 있다.
내가 너에게 그렇게 든든한 사람이 되어줄 거다.

나의 마음을 씻어내는 방법

몇 년 전, 인스타그램에서

'당신의 신체를 조립식처럼 분리하고 다시 장착할 수 있다면 어느 부분을 분리하고 싶습니까?'

라는 질문을 본 적이 있다. 그리고 그 밑에 달린 댓글에는 시력이 좋지 않은 눈을 깨끗하게 씻어서 다시 끼우고 싶다거나, 위나 폐 같은 장기들을 꺼내어 깨끗하게 씻고 햇볕에 말린 후 다시 집어넣고 싶다는 대답이 많았다. 어떻게 보면 좀 징그럽기도 한 생각들이지만, 좀 더 생각해 보니 정말 그랬다. 우리가 뜨거운 물에 주방 기구들이나 집기들을 넣어 소독한 뒤 쓰고, 설거짓거리에 거품을 묻혀 씻고 말려서 다시 쓰는 것처럼 우리 몸의 일부도 그렇게 할 수 있다면 속이 시원할 것만 같은 느낌이 든다.

사실은 나도 학창 시절에 지루한 수업을 들을 때면 그와 비슷한 상상을 하곤 했다. 나의 뇌를 꺼내어 씻을 수 있다면 좋을 것 같다는 생각을. 조금 잔인한 상상이기도 하고 말도 안 되는 생각이지만, 뇌를 꺼내 얼룩지거나 들러붙은 것처럼 시꺼멓게 변해버린 원치 않는 기억들을 지워버리고 싶었다. 손가락으로 이리저리 문질러 뽀드득뽀드득 소리가 날 때까지 깔끔하게 지워버리고, 꽃향기나 과일 향기가 나는 향수를 뿌려 기분 좋은 생각들로 채운 후 다시 넣고 싶다는 상상을 말이다.

　그런 상상을 한 이유는, 내 기억력 때문이다. 나는 기억력이 좋은 편이라 어떤 상황이 기억으로 각인 되면 몇 년이 지나도 잊히지 않기 때문이다. 마치 뇌 한구석에 문신으로 새겨 놓은 것처럼 아주 생생히 그 순간을 기억한다. 그리고 그 순간과 비슷한 순간이 오면 어김없이 그 순간으로 자동 소환된다. 그 기억력이 좋은 기억만 잘 기억한다면 좋겠지만, 참 이상하게도 외려 나쁜 기억들이 더 기억 속에 잘 남기 때문에 그 기억들을 지워버릴 수 있다면 좋겠다는 상상을 하게 된 것이다. 그로 인해 아마 나의 상상처럼 내 뇌를 꺼내어 본다면 상처투성이일 것만 같다. 여기저기 새겨진 나쁜 기억들이 무참하게 쓸고 간 자국들이 많을 것 같고, 좋았던 기억들은 대체 어디에 꼭꼭 숨겨 둔 건지 찾기도 힘들 것 같다.

그래서인지 어느 순간부터는 나를 아프게 할 것 같은 사람들은 미리 거리를 두고 가까워지지 않으려 노력하게 된다. 또한 가까웠던 사람이라 할지라도 내게 상처를 주거나 감정 낭비를 하게 만드는 사람이라면 얼른 끊어내게 된다. 스스로를 지키기 위해서 말이다. 참 잘도 새겨지는 기억들 중 나쁜 기억들을 더 이상은 새기지 않기 위해서. 나의 상상처럼 뇌를 꺼내어 씻을 수도 없고, 기억하기 싫은 기억을 내 멋대로 지울 수도 없으니까. 이미 좋지 않은 기억으로 꽉 들어찬 용량이 없는 하드디스크 같은 마음에 또 새로운 상처를 꾸역꾸역 설치하지 못하도록 말이다. 그리고 더 좋은 사람들을 옆에 남겨두려고 노력한다. 나쁜 기억들을 좋은 기억들로 덮어버리고 이젠 최대한 좋은 기억만 내게 남길 수 있도록. 나쁜 기억을 지워낼 수 없다면, 좋은 기억들을 많이 새겨서 머릿속을 그나마 깨끗하게 정화할 수 있도록 말이다.

　좋은 사람들을 옆에 두려면 나도 좋은 사람이 되어야 한다. 그래서 아직은 많이 서툴지만 좋은 사람들을 옆에 두기 위해 스스로 좋은 사람이 되려고도 노력해 본다. 나를 진심으로 아껴주고 생각해 주는 주변 이들에게 나 또한 좋은 사람으로 남기 위해 노력하려 한다. 그리고 어쩌면 뇌를 실제로 꺼내어 씻을 순 없어도, 좋은 사람이 되려는 행동과 그 마음들이 나의 마음과 행동들을 정화해 줄 수 있을 것이다. 그 깨끗한 생각과 마음들이 나에게 뿌듯함과 안정을 가져다 줄 것이고, 그것들이 결국 좋은 기억들을 많이 심어주어 나쁜 기억들을 덮어줄 것이다.

좋은 사람이 되겠다고 다짐하는 것이
내 마음을 정화시켜주는 첫걸음이 된다.

방은 치울 수 있으니까

이따금 방의 상태가 곧 나의 상태를 보여주는 것 같은 순간이 있다. 힘들고 괴로운 시간을 지나갈 땐 무언가를 제자리에 두고 정리할 기운조차 나지 않는다. 그럴 땐 만사가 다 귀찮고 싫기 때문에 팔을 조금만 높이 들어 올리는 행동도, 핸드폰을 충전기에 꽂아 두는 것도 천근만근 힘든 일처럼 느껴질 때가 있다. 그리고 그렇게 며칠을 보내면, 결국 내 방은 내 마음속과 똑같은 환경으로 변해버린다. 여기저기 옷가지와 물건들이 자신의 자리를 이탈해 아무 데나 널브러져 있고, 그 위에는 뽀얗게 먼지가 쌓인다. 그게 거슬리기도 하지만, 여전히 내 마음은 그걸 정리할 만한 여유를 갖지 못해서 또 그렇게 며칠을 보낸다. 그럼 그 방을 보면서 지금 내 마음속이랑 정말 똑 닮았구나 싶어서 괜스레 더 서러워진다.

그런데 한참을 그렇게 지내다가도 또 불쑥 괜찮아지는 시기가 온다. 별것 아닌 것처럼 보이는 명언이나 위로의 글 한 줄을 보며 '이렇게 살지 말아야지' 하면서 마음을 다잡게 되거나, 너무나 멋지게 인생을 살아가고 있는 다른 사람을 보다가 '나도 저렇게 살고 싶다' 하는 충동이 불쑥 올라오는 것이다. 그럼 내가 가장 먼저 하게 되는 것은 바로 방 정리이다. 내 마음이 이제는 방의 상태와는 달리 깨끗해지고 있으니 이제야 그 방을 치워야겠다는 마음이 드는 것이다. 참 이상하다, 마음이 깨끗해져야 방을 치울만한 여력이 생기는 것이. 그러면 그 방을 열심히 정리하면서 또 그런 생각을 한다. 어쩌면 내 마음속을 이미지화한다면 내 방과 똑같은 모습이 아닐까 하고. 내 마음이 혼란스럽고 제자리에 있지 못하면 내 방 또한 혼란 그 자체로 어질러지고, 내 마음이 다시 정리가 되고 깨끗해지면 내 방 또한 정리를 하게 되어 깨끗해진다.

그러면 생각을 좀 바꿔서 가끔씩은 너무너무 귀찮아도, 손 하나 까딱하기조차 싫어도 그 마음을 내리눌러서라도 방 청소를 시작해 보는 건 어떨까. 내가 아주 사랑하는 〈내가 사랑했던 모든 남자들에게〉라는 영화에는 이런 대사가 나온다. "인생은 엉망이었지만, 방은 치울 수 있으니까."라는 대사가. 그래, 맞다. 핸드폰을 충전기에 꽂아 두는 것조차 천근만근 느껴져도, 그것은 내가 그렇게 느낄 뿐 실제로 그렇진 않으니까. 인생이 엉망이어서 손 하나 까딱하기 싫지만, 그건 내 마음이 그럴 뿐 실제로는 몸을 움직여 방을 치울 순 있으니까. 방이 내 마음과 똑같은 상황이라면, 가끔은 억지로라도 나를 일으켜 세워서 방을 치워야 할 필요가 있다. 그렇게 방을 치우면서 마음속에 널브러져 있는 생각들도 함께 정리하는 거다. 그럼 방 청소가 끝날 때쯤 모든 문제가 해결되어 있진 않더라도, 자그마한 뿌듯함을 느끼며 그나마 그 문제에서 조금이라도 멀어질 수 있는 시간을 갖게 된다. 그리고 슬럼프에만 빠져 있지 않고 몸을 움직여 방을 청소했으니, 다른 것도 해낼 수 있을 것 같다는 아주 작은 용기마저 생길 수 있다. 그러니 너무너무 힘이 들어 아무것도 못 할 것 같다면 잠시 좋아하는 노래를 틀어 놓고 내 방이라도 정리해 보는 건 어떨까.

장담할 수 있는 건 방 청소가 다 끝난 이후에
당신은 소소하면서도 아주 커다란 뿌듯함을 선물 받게 되리라는 것.
그거 하나만으로도
몸을 일으켜 움직일 이유가 충분할 정도로 매력적이라는 것.

나에 대한 책임감 기르기

　요즘 나를 포함한 많은 작가들이 위로에 초점을 맞춘 글을 쓴다. 또 힐링이나 감성을 건드려 주는 프로그램, 강연들이 참 많다. 나는 그것이 많이 삭막해진 이 시대에 참 중요한 역할을 한다고 생각한다. 누군가는 그런 흔해 빠진 글, 감성에 취하기만 한 영상, 누구나 건넬 수 있는 수박 겉핥기식의 위로들만 넘쳐나는 것 같다며 비판의 말을 쏟아 내기도 한다. 그렇지만 실제로 내가 글을 쓰는 사람이 되고, 매일 SNS에 글을 게시하면서 독자들에게 참 많은 이야기를 듣게 되었다. 내 글을 읽고서야 비로소 자신이 힘든 것을 깨닫게 되어 펑펑 울게 되었다는 말, 막막했던 마음속에 숨통이 트인 것처럼 마음이 평안해졌다는 말, 불안한 자신을 스스로 몰아붙이기만 했다는 사실을 깨달았다는 말 등등 여러 이야기들을 들으면서 나는 느꼈다. 아, 이런 일을 하는 사람도 꼭 필요한 시대구나. 누군가는 내 글과 같은 위로 한 줄이 그렇게도 간절하구나, 하고.

그러나 아주 가끔은 이 위로의 글들이 독이 되는 경우도 있음을 느낀다. 뭐든 과하면 좋지 않다는 말처럼, 위로와 관련된 매개체들이 늘어가면 늘어갈수록 전하는 메시지들이 변질되는 경우도 있는 것 같다. 예를 들어 쉬어 가도 괜찮다, 잠시 내려놓아도 괜찮다, 나에게도 쉼을 주어야 한다는 메시지엔 분명 '지금 너무 열심히 살아서 힘든 사람에게'라는 전제가 주어져 있을 것이다. 왜냐하면 그 누구도 열심히 하지 않는 사람에게 '너 좀 쉬면서 해라'라고 말하지 않고, 아무런 짐도 들고 있지 않은 사람에게 '너무 무거워 보이니 그것 좀 잠시 내려 두라'라고 하지 않으니까. 분명 그 메시지들엔 무언가를 지나치게 열심히 하고 있어서 그 열정이 나를 괴롭게 하는 사람들에게 해당하는 말일 테다. 그런데 이 말들이 까딱 잘못하면 내가 내 삶에 책임을 지지 않아도 된다는 말처럼 여겨져서 자신의 나태함과 게으름의 합리화처럼 쓰이는 것 같다. 그저 스스로의 삶을 주체적으로 열심히 살지 않아서 괴로워지는 마음을 '잠시 쉬어도 괜찮다'라는 말들을 대입해 계속 그렇게 살아도 된다며 자기 합리화를 하는 것이다. 그 말들이 '아무것도 하지 않아도 어떻게든 될 거야, 그러니 괜찮아'라고 말하는 것이 아닌데도 말이다.

'용기'라는 것은 참 추상적인 단어다. 손에 잡을 수도 없고, 눈에 보이지도 않는다. 그러나 그럼에도 이 현실을 살아가려면 그 용기라는 걸 의무와 필수적으로 발동시켜야 한다. 새로운 환경에 뛰어 들어갈 수 있는 용기, 새로운 일을 시작할 수 있는 용기, 새로운 꿈을 꿀 용기, 하기 싫은 일들도 결국 해내야 할 용기, 누군가에게 먼저 말을 걸고 다가갈 용기 등 그 모든 것들이 다 이 세상을 살면서 누구나 한번은 맞닥뜨려야 하는 순간이니까. 그런데 나이가 들면 들수록 필요한 용기의 크기가 점점 커진다. 어렸을 적엔 어른들의 도움으로 필요한 용기의 크기가 작아도 어떻게든 됐지만, 나이가 들면 들수록 혼자서 뭐든 해내야 하는 순간이 늘어가고 그때마다 필요한 용기의 크기는 점점 커진다. 그리고 그만큼의 용기를 키우려면 이것저것 일을 직접 해보면서 자신을 향한 자신감과 자존감을 키워야 하는데, 이런저런 실패들로 인해 용기가 작아지면 오히려 두려움이라는 것이 커진다. 그 두려움이 점점 커져 용기를 짓누르면 어느 순간 아무것도 하기 싫고 두려워진다. 그러면서 어느새 내 인생을 주체적으로 끌고 갈 용기도 사라진다.

그러나 세상의 이치는 변하지 않는다. 내가 직접 내 인생을 이끌고 가지 않으면 누구도 나 대신 내 인생을 살아주지 않는다. 도움을 받을 수 있는 경우도 있지만, 그것은 내가 내 인생을 주체적으로 살아가는 것이 아니다. 도움을 주는 이가 없어도 나 스스로 내 인생을 이끌어갈 수 있어야 하니까. 그래서 어쩌면 우리는 당장의 달콤한 위로보다는 자신의 인생에 대한 책임감을 조금씩 더 키우는 것에 집중해야 할 것이다. 오히려 그것이 내 인생에 더 도움을 주고 힘이 되는 말일 것이다. 그리고 그렇게 달려가다가 잠깐 돌부리에 걸려 넘어졌을 때, 혹은 내가 벼랑 끝에 서 있다고 느껴질 때 그제야 깊게 위로해 줄 글들을 읽는 것이 도움이 될 것이다. 그리고 그 글에 위로를 받아 더 열심히 나아갈 힘과 용기를 충전하는 것, 그것이 중요하다. 나에게 쉼을 주어야 하고, 쉬어 가도 된다는 말은 힘들면 이제부터 아무것도 하지 않아도 된다는 말이 아니라 더 열심히 걸어가기 위해 잠시 충전하는 시간을 가지라는 것일 테니까.

또, 분명히 말할 수 있는 것은 그 용기라는 건 작은 먹이를 먹고 몸집을 불리는 게임과도 같다. 자그마한 용기를 내어 어떤 일을 성취해 가는 일을 지속해서 하면 용기가 눈덩이처럼 불어나 그 어떤 것도 시작할 수 있는 힘을 줄 것이다. 그러니, 나에 대한 책임감과 용기를 길러보는 것은 어떨까. 이 글이 그 시작점이 되기를 소망해 본다.

내게 꼭 필요한 용기.

하나, 새로운 환경에 뛰어 들어갈 수 있는 용기
둘, 새로운 일을 시작할 수 있는 용기
셋, 하기 싫은 일들도 결국 해내는 용기
넷, 누군가에게 먼저 말을 걸고 다가갈 용기
다섯, 이 모든 것을 갖기 위해 변해보려는 용기

잃어버린 본질 찾기

　자주 용기를 잃고 무너진다. 그것은 때때로 누군가가 나를 향해 날카로운 말을 쏘아서 무너지기도 하지만, 대부분은 누가 나에게 뭐라 한 것이 없는데도 혼자 이런 생각, 저런 생각에 잠겨 용기를 잃을 때가 많다. 아무 탈 없이 잘 지내고 있는데도 이따금 불안에 사로잡히면 '난 아무리 노력해도 늘 제자리인 것만 같다'라며 항상 같은 결론을 내려버린다. 그러다 보면 한없이 억울해지고 스스로에 대해 나약한 사람이라는 결론을 내리며 아무것도 할 수 없게 되어 버린다.

　본질을 잃어버리면 내가 추구했던 것들을 곧잘 잃어버린다. 타인과 비교하지 말고 스스로 나의 길을 걸어가자며 다짐했던 것들이나, 이 일로 이루고 싶던 순수한 소망들과 자아실현 같은 것들은 사라지고 어느새 조금 더 계산적인 것들과 세상적인 욕심, 소망이 아닌 욕망에 가까운 것들만 자리하고 있었다. 어쩌면 그런 욕망들이 내 용기를 무너뜨리는 게 아닐까 하는 생각이 들었다. 물론 현실적이고 계산적인 것들도 분명 중요하고 필요하겠지만, 그런 것들에만 집중하다 보면 금세 불안이 틈을 타고 들어온다. 자꾸만 타인과 비교하게 되면 자신이 가장 처음 추구했던 방향을 잃으니 목표 전체가 흔들리는 것이다.

요즘 나는 흐르는 눈물을 주체할 수 없을 정도로 자주 절망했다. 스스로의 가능성에 대해 끊임없이 의심하게 되고, 미래가 보이지 않는 것처럼 눈앞이 캄캄하기만 했다. 그런데도 아무것도 할 수가 없었다. 스스로에 대한 자신감이 없으니 어떤 글도 쓸 수가 없어 금세 포기하고 좌절했다. 그런 밤엔 꼭 세상에 나 혼자 남겨진 것만 같고, 그렇게 소망하고 기도했던 모든 것들이 부질없게 느껴지며 날 배신한 것만 같았다. 그런데 어느 순간 느꼈다. 사실 그 모든 것을 배신한 것은 바로 나라는 걸. 순수했던 마음들은 사라지고 어느새 욕망만 가득해져 그것에만 집착한 것은 바로 나였으니까. 그래서 정말 하고 싶던 일들을 스스로 하기 싫은 일로 만들어 버린 것은 나였으니까.

그렇게 잃어버린 본질을 되찾고 깊이 생각을 했다. 정신을 차리고 보니 처음 추구했던 방향과 아주 많이 틀어져 있었다. 목표점은 직진으로 가는 길이었는데, 어느새 방향이 기울어 아예 다른 곳을 걷고 있는 상황이었다. 그래서 나는 틀어져 버린 톱니바퀴를 다시 조율해 원래 방향으로 돌려놨다. 그러자 불안했던 마음이 많이 사라지고, 다시금 글을 쓸 힘이 생겼다. 이따금 스스로에 대해 용기를 잃어버렸다면, 틀어져 있는 방향을 다시 원래의 방향으로 돌려놓는 것도 필요하다.

끊임없이 증명해야 하는 삶

지금의 삶은 끊임없이 나라는 사람을 증명해야만 하는 삶이다. 내가 어떤 일을 할 수 있는 사람인지, 어떤 재능이 있는 사람인지, 얼마나 세상에 잘 적응하여 살아가는 사람인지, 얼마나 매력 있는 사람이고 얼마나 그럴듯한 사람인지. 그 모든 것을 학교, 성적, 직장, 직업, 사는 곳, 인간관계, 심지어 사랑하는 사람에 가족까지 내세워 증명해야만 하는 삶인 것 같다. 내가 얼마나 세상에 발맞춰 잘 살아가고 있는지 끊임없이 증명하면서 살아가는, 참 획일적인 삶이기도 하다.

그 속에서 나를 잃어버리지 않게 조심해야지. 세상에 나열되어 있는 딱딱한 단어들을 사랑, 우정, 꿈, 성취, 로망과 같이 조금 더 부드럽고 둥글둥글한 단어들로 바꿔서 살아야지. 타인의 시선에 갇혀 살지 말고, 스스로를 위해 살아 봐야지.

내가 나를 잘 안다는 것은,

그 누가 나를 판단한다 해도 그 말에 휩쓸리지 않을 수 있다는 것.

내가 나를 있는 그대로 받아들인다는 것은,

타인의 시선에서 나를 온전히 나로 지켜낼 수 있다는 것.

존경할 만한 사람

감탄을 자아내는 사람들이 있다. 어떻게 이런 상황에서 저런 놀라운 대처를 할 수 있는지, 자신의 감정보다 타인을 먼저 생각할 수 있는지 싶어 놀랍기만 한 사람들이. 그런 사람들은 인터넷에서 '아직은 살 만한 세상'이라는 제목의 게시물들로 가끔 접하게 된다. 예를 들면 지하철 플랫폼에서 난동을 부려 경찰이 힘들게 제지를 하고 있는 취객을 꼭 껴안아 주어 누그러들게 한 청년이라든가, 혼잡한 출근 시간 무리한 차선 변경을 한 차 때문에 접촉 사고를 당했음에도 사고를 내게 된 이유가 아이가 아파서 응급실에 가고 있던 중이라는 말을 듣고선 곧바로 사고를 낸 사람을 꽉 안아서 안심시켜 준 차주, 돈이 없어 끼니를 해결하지 못해 우물쭈물 눈치를 보며 주문을 하는 아이를 위해 언제든 무료로 음식을 만들어 줄 테니 눈치 보지 말고 오라고 하는 식당 사장님과 같은 이야기들 말이다. 누군가는 '사람이라면 저게 당연한 대처인 것 아니냐'라고 말할지는 모르지만, 장담하건대 저 상황에 직접 처했을 때 쉽게 할 수 있는 행동은 아니다. 그렇기에 많은 사람들이 그런 게시물들을 접하고 '아직은 살 만한 세상이다', '저런 사람들이 아직 존재해서 참 다행이다'라고 말하는 것일 테다.

스스로를 생각했을 때 예전에 비해 참 화가 많아진 것 같다는 생각을 한다. 그리고 그것은 가족들의 눈에도 그리 보인 것 같다. '왜 별것 아닌 것에도 쉽게 열을 내냐'라는 말을 자주 듣게 된 것을 보면. 고등학교 졸업과 동시에 가족들의 일을 함께하면서 편의점, 치킨집, 카페 같은 장사를 오래 하다 보니 정말 많은 사람을 접하게 되었다. 그러다 보니 세상엔 내 머리로 이해하지 못할 사람이 정말 많다는 것을 깨닫게 된 게 화근이었다. 내가 이해하지 못하는 사람은 모두 나쁜 사람이라고 할 순 없고 그 기준을 나로 삼아서도 안 되지만, 세상에 보편적으로 깔린 상식선의 행동이 있다고 생각한다. 그런데 아주 사소한 상식, 예의 하나도 지키지 못하는 사람들이 많다는 것을 알게 되면서 자연스레 내가 모르는 불특정 다수의 사람들을 경계하게 된 것 같다. 그래서 누군가 내게 상식적이지 못한 행동을 하거나 조금만 내 기분을 상하게 만들어도 그 사람을 향해 금세 경멸하는 마음이 들고, 그로 인해 쉽게 눈살을 찌푸리거나 짜증을 내며 피해버린다. 이것을 보고도 '나에게 피해를 주는 사람에게 그렇게 행동하는 것은 당연한 것이다. 그렇지 않으면 손해를 보고도 말하지 못하는 호구가 되어버린다.'라고 말할 수 있을지 모른다. 나 또한 언제부턴가 그런 마음으로 저렇게 행동하게 되는 것일 테고, 선한 마음과 배려를 가지고 이용해선 그게 권리인 줄 행동하는 사람들을 옹호하고 싶지는 않으니까.

그러나 그렇기 때문에 위에서 언급한 사람들이 참 대단하게 느껴지는 것이다. 표면적으로 보기엔 지하철에서 난동을 부리며 다른 사람에게 피해를 주는 취객, 가뜩이나 바쁜 출근길에 무리한 차선 변경으로 내 차를 긁은 사고 유발자로 받아들여지는 상황을 그들은 다르게 받아들이고 다르게 대처한 것일 테니까. 표면적으로 보이는 일차적인 것에 바로 감정을 드러내지 않고 그들의 속 사정이 있음을 이해하고 받아들인 후 행동하는 것만으로도 참 대단해 보인다. 물론 나도 그들의 속사정을 다 듣게 되면 그렇게 냉정하게 굴 순 없겠지만, 지금의 나라면 이미 속사정을 듣기도 전에 상대를 향한 내 표정 전체에 짜증과 경멸이 표출되지 않았을까 싶은 생각을 하게 되는 것이다. 그렇기 때문에 상황을 맞닥뜨렸을 때 바로 감정을 표출하고 쉽게 화를 내지 않는 것만으로도 그 사람들을 향한 존경심이 든다.

영화 〈인턴〉을 보고도 그런 마음이 들었다. 무작정 노인들은 자신의 일을 이해하지 못할 것이고, 그렇기 때문에 자신과 어울리지 못할 것이라고 생각하는 30대 젊은 CEO 줄스. 그리고 그런 줄스의 편견을 자신의 노하우와 인생 경험, 지혜를 통해 깨뜨리고 줄스가 자신의 일을 상당 부분 일임하게 만들 정도로 신뢰하게 만든 70대 노인 인턴 벤. 그런 벤은 줄스뿐만 아니라 같은 회사에 다니는 젊은 직원들에게도 많은 존경을 받는다. 벤은 다른 사람들과 무엇이 다른 걸까? 그건 바로 세상 사람들이 보편적으로 갖고 있는 상황 대처법이 아니라, 자신의 인생 경험으로 정립한 자신만의 상황 대처법이 있기 때문이다. 우리가 생각지도 못했던 의외의 대처를 하는 사람에게 감탄하고 박수를 치고 존경을 하게 되는 이유는 그들이 보편적인 사람들과는 다르기 때문일 것이다. 보편적으론 득과 실을 따지며 행동하는 게 맞다고 배우고 나 자신을 위한 행동이 더 우선시되어도 괜찮다고 말하는 세상 속에서, 그런 방법을 택하기보다는 그 상황을 찬찬히 바라보고 자신의 생각과 경험을 기반해서 자신만의 대처법으로 행동하기 때문이지 않을까.

어쩌면 나는 그들과 달리 세상이 말하는 보편적이고 획일화된 감정의 처리, 상황의 대처법을 가지고 있는 것은 아닐까. 그리고 어느 순간부터 그런 세상의 감정 처리법과 상황 대처법에 학습되어 내 경험을 기반으로 깊이 생각한 후 현명하게 대처하는 방법을 잃어버린 것은 아닐까 싶다. 존경스러운 사람들을 보며 '나라면 저렇게 못했을 텐데'라는 생각이 드는 것 또한 표면적으로 상황을 받아들이고 쉽사리 감정을 표출해 버리는 것들에 너무나 익숙해졌다는 의미이지 않을까. 쉽지 않은 것이라 그들이 존경을 받는 것이겠지만, 나만의 상황과 감정 대처법에 대해 진지하게 생각해 보는 시간을 가져봐야겠다.

몸이 기억하게 되는 것

약 4년간 엄마가 운영하던 편의점에서 일을 했다. 그러다 보니 자연스레 아르바이트생이 처음 들어오게 되면 그 교육을 내가 시키게 되었다. 교육을 시킨 후 초반 근무 때에는 내 번호를 알려주며 혹시 잘 모르는 것이 있으면 전화를 달라고 한다. 그러면 모든 것을 교육했음에도 자주 전화가 걸려 온다. 아무래도 한 번 훑어주듯이 시킨 교육이기에 다시 물어보려 전화가 오는 것이다. 그렇게 몇 번의 전화를 받다 보면 며칠 뒤엔 점점 전화가 오지 않는다. 갑자기 당황해서 땀을 뻘뻘 흘리며 내게 전화를 하고, 그렇게 물어서 직접 터득한 것은 단순히 교육 시킬 때 말로 알려주는 것과는 달라서 머릿속에 단단히 입력이 된다. 그래서 다시 그 상황을 마주한다 해도 똑같은 실수를 하지 않기 때문이다.

경험은 그토록 중요하다. 아무리 꼼꼼하게 들어도, 내가 직접 해보는 것만은 못하기 때문이다. 우리는 살면서 자주 힘들고 당황스러운 경험을 하게 된다. 내가 알아가기를 원치 않았으며 몰라도 되겠거니 하며 넘어가려 하면, 그런 일들이 내게 갑자기 찾아와 어쩔 수 없이 맞닥뜨리게 된다. 그러면 그 속에서 우리는 허둥대기도 하고 땀을 뻘뻘 흘리며 그 순간을 모면하기 위해 이것저것 해보게 된다. 그리고 그 순간이 지나가면 안도함과 동시에 하나의 경험으로 인한 배움과 가치관이 생기게 된다. 그러한 것들은 우리를 조금 더 노련하게 만든다. 인생을 살아가며 그것과 비슷한 상황이 갑작스레 나타나도 크게 동요하지 않고 넘어가게 된다.

나이가 들면서 점점 시간이 빠르게 간다고 느껴지는 것은 모든 것이 익숙해졌기 때문이라고 한다. 어렸을 땐 하나하나 모든 것이 새로운 경험이기 때문에 그것을 경험하는 순간들이 모두 길게 느껴지지만, 이제는 그 모든 것이 익숙해졌기에 시간이 빠르게 가는 것처럼 느껴진다고. 우리는 그만큼 많은 경험을 하고서 많은 것을 터득해 왔기 때문일 것이다. 우리는 많이 성숙해졌고, 앞으로도 많은 것을 배울 것이며 결국 웬만한 어려움에는 놀라지 않을 노련함을 갖게 될 것이다. 그러니 어떤 것을 배워가고 있는 중에 당황스럽고 힘겨운 시간을 지나고 있다면, 분명하게 말해주고 싶다. 당신은 결국 그 일을 자신의 일로 만들 것이라고. 그 일을 새로 시작하는 누군가가 당신을 보고 감탄할 정도로 말이다.

내 인생의 결

사람은 쉬이 변하지 않는다고 하지만, 그렇다고 평생 똑같지도 않은 것 같다. 물론 시간이 오래 걸리긴 하겠지만 세상을 살아가면서, 이곳저곳이 깎여 나가고 딱지가 앉아 다시 새살이 돋기를 반복하면 결국엔 변하고 만다. 그 변화가 현재의 나에겐 좋을 수도 싫을 수도 있지만, 그래도 미래의 나는 그 변화로 조금은 내 삶의 흔적을 느낄 수 있었음 좋겠다.

'내가 이토록 잘 버텨냈구나', '그 긴 시간을 걸어왔구나', '참 오래도 왔구나' 하면서 말이다.

그렇게 나이테처럼 새겨진 내 인생의 결을 마음의 손가락으로 어루만져 보며 느낄 수 있었음 좋겠다. 당신의 변화 또한 기분 좋은 변화가 되기를.

지금의 당신이 여기에 서서 미래의 당신에게 꾸준히 응원을 보낼 수 있었으면 좋겠다.

수많은 파도에 이리저리 깎여 둥글둥글해진 조약돌들처럼,
그 변화가 당신을 조금 더 평온하고 둥글둥글한 세상에서
살 수 있게 해 주었으면 좋겠다.

언젠간 그때가 올 거야

생각해 보면 지금까지 살아오면서 내게 남은 가치관들은 다 내가 어떤 일을 몸소 체험하고, 어떤 사람과 직접 대화를 나누며 느꼈던 것에서 비롯된 것들이었다. 그러면서 가끔은 어떤 일로 인해 넘어지고, 어떤 사람으로 인해 밤을 새우며 눈물을 흘리고, 그 고통 속에 직접 들어가서 뼈저리게 체험을 한다. 그리고 느낀다. 다시는 저런 일을 겪지 않고, 다시는 저런 사람을 만나지 않을 거라는 다짐을.

지금 내가 겪고 있는 고통 또한, 나를 조금 더 성장시켜 주겠지. 미래의 나는 지금의 나를 생각하며 그런 고통의 시간들이 있었기에 지금 내가 이렇게 살아가고 있다 하는 생각을 하고 있겠지. 과거의 위기들을 넘겨온 지금의 내게 남은 것은 이것이다. 겪는 도중에는 참 힘들고 괴롭지만, 결국 이것 또한 지나간다는 것. 그리고 지금 느낀 고통만큼 언젠가의 나는 웃고 있을 순간이 다시 올 거라는 것.

　어디서 들었던 말들 중엔 이런 부류의 말이 좋다. 사람에게는 자신의 때가 있다는 말, 꾸준히 오래 하는 사람이 결국엔 이긴다는 말. 이런 희망적인 말들이 결국 힘들고 지겨운 이 순간을 견디게 만들어 준다. 나에겐 어릴 적부터 자신 있는 게 하나 있었다. 믿을 수 있는 어른이 기다리라고 하면 기다리고, 하지 말라고 하면 하지 않는 것. 그러니 믿을 수 있는 미래가 나에게 포기하지 않고 기다리라고 하면 그럴 수 있다. 견디고 참아서 포기하지 말라고 하면, 그렇게 할 수 있다. 그러니까 저 희망적인 말들이 내 인생에도 적용되어 있으면 좋겠다. 지금의 내 고통도 언젠간 깨지고 그렇게 성장하면 내가 그토록 바라는 봄날, 나의 때가 찾아온다는 것이 꼭 사실이길 바란다.

지나고 나야만 보이는 것들이 있어.

무기력한 당신에게 보내는 응원

   뭘 해도 의미 없게 느껴질 때가 있다. 온 몸이 천근만근 무겁게만 느껴지고 모든 것이 귀찮아져서 무기력할 때. 좋아하던 것들을 해 봐도 흥미가 없고 이 순간을 어떻게 버텨내야 할지 막막하기만 할 때가. 그럴 때엔 이 순간이 끝나지 않을 것만 같고, 마치 깊은 동굴 속으로 끝없이 들어가는 것 같다.

   그러나 꼭 말해주고 싶은 게 있다. 지나고 나야만 보이는 것이 있다는 것을. 이 세상에 영원한 것은 없듯, 막막하기만 한 이 시간도 분명 끝이 있다는 것을. 지나고 나면 알게 될 것이다. 내가 들어간 동굴은 사실 동굴이 아니라, 긴 터널이었다는 걸.

터널을 빠져 나와야만 비로소 새로운 풍경이 보인다. 그리고 뒤돌아보면 그제야 내가 얼마나 많이 걸어왔는지도 알게 될 것이다. 아직은 사방이 벽으로 막혀 있어도 분명 저 끝에 찬란한 빛이 당신을 애타게 기다리고 있을 것이다. 그런 당신을 내가 열심히 응원한다.

분명 알게 될 것이다.
내가 들어간 곳은 사방이 막혀 출구가 없는 동굴이 아니라,
저 멀리 한 줄기 빛이 스며드는 긴 터널이었다는 걸.
아주 넓은 출구가 새로운 길을 제시해주고 있다는 걸.
그러니 그 자리에 계속 멈춰 있지는 말기를.

그 자리에 주저 앉게 되더라도,
쉴 만큼 쉰 후 다시 엉덩이를 털고 일어나
출구를 향해 조금씩 걸어가기를.

part3. 언젠가 분명 좋은 날이 올 거야

바닷가 앞에 가만히 앉아서 해변으로 들이쳤다가 빠지는 파도를 바라보고 있으면 이런저런 생각에 잠기게 된다. 너무나도 당연해 보이는 자연의 이치 같지만, 가끔 파도가 휩쓸려 왔다가 떠내려가는 모습을 보고 있으면 그것 자체도 당연하게 받아들여지지 않을 때가 있다. 어떻게 저렇게 적당히 밀려왔다가 적당히 빠져나가는 걸까 싶어 한참을 묵묵히 바라보고 있게 된다.

인생을 모조리 논하기엔 아직 어린 나이라고 할 순 있지만, 에메랄드빛 동해 해변가에 앉아 파도를 바라보고 있으니 인생이 참 파도와 같다고 느껴진다. 좋은 일이 많이 일어나고 상승세를 탄 것처럼 잘 나가고 있다고 느껴질 땐 아주 멀리까지 밀고 나갈 수 있을 것 같았지만, 결국 어느 선을 기점으로는 잠시 멈추었다가 뒤로 주춤하게 된다. 그리고 또 하염없이 쓸려 내려간다. 그렇게 쓸려 내려갈 땐 엄청난 좌절이 온다. 어디까지 쓸려 내려갈지 몰라 한숨만 푹푹 내쉬고, 답답한 마음에 글썽거리다 지쳐 잠에 든다. 그러나 그렇다고 계속 쓸려 내려가지만은 않는다. 다시금 밀려오는 물에 또 바닷가로 더 멀리 밀려났다가 돌아오고, 그것이 반복이다. 내 맘대로 가고 싶은 곳까지 갈 수도 없고 내 맘대로 그만 쓸려오고 싶다며 멈출 수도 없는, 그 파도의 모양새가 참 인생을 닮은 것 같았다. 소란스럽게 느껴지기도 하는 파도의 소리가 시끄러운 내 머리와 마음속과도 닮아 있었다.

  많은 이들이 그 시끄러운 파도를 바라보며 생각에 잠겨 있다. 그 광경을 장관이라 생각하며 먼 곳에서 일부러 찾아온다. 우리가 인생을 우왕좌왕하며 살아가는 모습도 누군가에겐 그렇게 영향을 주고, 아등바등 살아내는 내 모습이 누군가에겐 또 선한 자극을 주지 않을까. 그렇게 조금이나마 나를 위로하며 분주한 바다를 바라본다.

- 가을 동해 바다를 바라보며

살다 보면 그런 날도 있지

초판 발행 | 2023년 05월 18일

글 | 정예원
표지 | 민다은(@ipple_m)

펴낸곳 | Deep&Wide
발행인 | 신하영 이현중
편집 | 신하영 이현중
도서기획 | 신하영 이현중 윤석표
마케팅 | 신하영 이현중 윤석표
주소 | 서울특별시 마포구 성미산로 1길 21 사울빌딩 302호
출판등록 | 제 2020-000209호
이메일 | deepwidethink@naver.com
ISBN | 979-11-91369-40-3

딥앤와이드는 책에 관한 아이디어나 조언 그리고 원고 투고를 언제나 기다리고 있습니다.
deepwidethink@naver.com으로 당신의 아이디어를 보내주시고 출간의 꿈을 이루어보시길 바랍니다.
당신도 멋진 작가가 될 수 있습니다.